주식투자와 인생은 희로애락喜怒哀樂이 깃들여 있다.

기쁨, 실패, 과정, 성공, 배움, 사랑, 희열, 쾌락,
고독, 교만, 자만, 여유, 자연, 만족, 절제, 인내.
그리고 어느 누구도 피해갈 수 없는
삶의 마지막 죽음.
플레이머니는 이 모든 것을 고스란히 느낄 수 있다.

태화강김실장

본명 최경원
서울 출생으로 미혼이다.
25살부터 다양한 개인 사업에 도전하여 세상경험을 쌓았다.
현재 전업투자자, 주식교육 강사, 작가로 활동하고 있으며
태화강김실장의 주식교육 《태주교》 대표를 맡고 있다.

저자는 주식투자를 10년 넘게 분석하면서
독창적인 매매기법을 창시했다.
이를 손절 없이 주식투자 하는 법으로 완성했고
해당 투자법을 배우고자 하는 분들께 전수해주고 있다.
또 주식투자를 소재로 하는 전문 작가영역을 만들어가고 있다.
저자는 차갑지만 따뜻한 휴머니스트이며
신뢰하는 사람들과 함께 하는 것을 좋아한다.
그는 언제 어디서 만나게 될지 모르는
좋은 사람들과의 인연을 항상 기다린다.
관련 저서로는 《손절없는 주식투자》(밥북)
《주식투자는 운명이다》(매일경제)가 있다.

카페 http://cafe.daum.net/KimTHG

| Daum | 태화강김실장 | 🔍 |

플레이 머니
PLAY ▶ MONEY

휴앤스토리

구하라 그리하면 너희에게 주실 것이요.
찾으라 그리하면 찾아낼 것이요.
문을 두드리라 그리하면 너희에게 열릴 것이니.
—
마태복음 7장 7절

차례

작가의 말

카지노, 경마, 경정, 경륜, 로또, 스포츠 토토는 합법화된 도박입니다. 여기에 덧붙여 주식투자도 도박처럼 인식하고 있는 시선이 팽배합니다. 분석을 통한 합리적인 투자보다, 도박과 마찬가지로 운에 기대어 주식투자를 하는 경우가 많습니다. 사행성 게임들과 잘못된 주식투자는 삶을 어렵게 만듭니다. 도박에 중독된 성인 인구는 200만 명이 넘습니다. 그리고 주식투자 시세 중독에 걸린 사람들도 이와 비슷하다고 생각합니다.

강원랜드에 방문한 적이 있었습니다. 주차장에 차를 대고 입구로 올라가던 중 엘리베이터 앞에서 한 남자를 만났습니다. 그는 수척한 모습으로 바닥을 응시하고 있었습니다. 굳이 말하지 않아도, 밤새 게임을 하며 많은 돈을 잃어버린 듯 보였습니다. 모든 것을 포기한 사람 같았습니다. 아직도 힘없는 그의 눈빛이 기억에 남습니다.

카지노에서 마주쳤던 사람들은 시간이 갈수록 표정이 어두워져 갔습니다. 한숨을 자주 쉬었고 심지어 딜러에게 욕을 하는 사람들도 보았습니다. 이는 게임이 잘 풀리지 않고 꼬여가고 있음을 보여줍니다. 평정심을 잃어버렸으니 더 좋은 상황을 기대하기는 힘들 겁니다. 서민들의 체감 경기는 점점 얼어붙고 있습니다. 그렇지만 도박판의 매출은 불황이 없습니다.

도박은 연구하고 분석해도 해당 시스템을 이길 수가 없습니다. 참으로 애석한 일입니다. 운이 좋아 한몫 챙기는 기회가 온다면 자리를 떠나는 것이 좋습니다. 머무는 시간이 길어진다면 다시 크게 잃게 됩니다. 또 잃는 속도도 매우 빠릅니다. 순식간에 전 재산을 탕진할 수 있습니다. 도박에서 마지막까지 이기는 법은 없습니다. 이는 부인할 수 없는 사실입니다.

보통 카지노에서 베팅할 때는 칩으로 합니다. 만약 돈다발을 들고 베팅하라고 하면 많이 할 수 없습니다. 이러한 이치는 주식 투자도 같습니다. 주식을 매수할 때는 컴퓨터에 보이는 숫자로 삽니다. 실제 돈다발로 주식을 산다고 가정하면 역시 함부로 사지 못합니다. 이런 이유로 돈에 대한 직접적인 개념이 없어집니다. 도박이나 투자가 실패한 것을 확인하고 나서야 돈의 가치를 인식하며 상실감과 좌절감이 몰려옵니다.

카지노에 가는 사람들은 그곳에서 성공할 수 있다고 생각합니다. 또 주식투자를 하는 사람도 대부분 이런 마음을 가집니다. 하지만 마음처럼 되지 않으니 안타까운 일이 많이 발생합니다. 그리고 자신의 운명은 뒤바뀌게 됩니다. 놀이가 노름이 되는 순간부터 불행은 예고되어 있습니다.

저는 앞서 두 권의 책을 출간했습니다. 사실 그 책들을 쓰는 순간에는 고되고 힘들다 느꼈던 적이 많았습니다. 반면에 이번 집필과정은 즐거움을 많이 느꼈습니다. 이제야 글을 쓰는 작업이 어떤 것인지 깨달아 가고 있습니다. 소설 《플레이 머니》는 주식투자를 소재로 삼았습니다. 이 책을 통해서 주식투자가 도박이라는 편견을 조금이라도 없애고 싶었습니다. 위에 언급한 사행성 게임들과 주식투자는 비슷한 측면이 매우 많습니다. 하지만 도박과는 다르게 꾸준히 노력하면 분명 성과를 만들 수 있습니다. 인정하지 못하는 분이 계신다면 그렇게 못해 봤기 때문입니다. 도박과 주식이 다르다는 사실을 꼭 알고 계셨으면 합니다. 아울러 이 책에서는 주식을 게임처럼 하는 종가 베팅법을 소개합니다. 그렇지만 글을 통해 매매법을 정확히 이해시켜 드릴 수는 없습니다. 그저 소설로써 주식투자 이야기를 즐겨 주시길 바랍니다.

태화강김실장 올림

카지노 딜러

태인은 며칠째 머리도 감지 않고 샤워도 하지 않았다. 수북이 자란 수염은 얼굴과 어울리지 않아 어색해 보였다. 심지어 몸에서 냄새까지 났다. 다만 스스로 크게 느끼지 못하고 있었다. 요즘 들어 끼니도 제대로 챙기지 않았다. 대충 라면으로 때우거나 거르는 경우가 많았다. 때마침 허기를 느꼈다. 뭐라도 먹으려고 냉장고를 열었다. 텅 비어버린 냉장고에는 보름 전 먹다가 남은 치킨이 아직도 있었다. 치킨을 꺼내어 상태를 확인해 봤다. 도저히 먹을 수 없어 그대로 쓰레기통에 버렸다. 쓰레기통은 몇 달째 정리가 되지 않았는지 온통 악취가 가득했다. 이어 냄비에 물을 올리려다가 라면조차 없는 것을 확인하고 멈추었다. 배가 고팠지만 사실 입맛은 전혀 없었다.

태인은 언제부터인가 누군가를 만나지도 않았다. 만남이 없다 보니 자연스레 밖에 나가는 일도 드물었다. 행여 지인들에게 연락이 오더라도 피하기 일쑤였다. 굳이 먼저 나서서 연락을 하지도 않았다. 가끔 외출할 때는 야구 모자를 푹 눌러쓰고 편의점에 가거나, 어둠이 짙게 깔린 후 강변에 나가는 게 다였다. 그리고 강둑에 앉아 강바람을 맞으며 한없는 생각에 잠겼다. 가끔 고개를 들어 밤하늘을 오랫동안 보기도 했다. 또 혼잣말로 신세를 한탄하며 힘없이 길을 걷기도 했다. 한숨에 한숨을 자주 쉬었다. 가슴은 꽉 막혀 있어 언제나 답답했다. 외로움도 처절하게 느끼고 있었다. 우울증과 불면증은 동시에 찾아왔고, 이런 이유로 정신과를 찾아 상담을 하기도 했다. 스트레스로 인해 건강은 점점 악화되었다. 한동안 이런 시간이 이어지고 있었다. 하지만 할 수 있는 것은 아무것도 없었다.

어느 12월의 쓸쓸한 겨울밤이었다.

태인은 난방도 되지 않은 차가운 방 안에 누워 있었다. 그저 멍하니 천정을 바라보고 있다가 문득 변화가 필요하다는 생각이 들었다. 벌떡 일어나 옷을 모두 벗고 화장실로 들어갔다. 뒤이어 샤워기의 차가운 물을 틀고 그대로 맞았다. 왜 그랬는지는 모르겠다. 다만 현재 처한 상황이 죽도록 싫었다. 바보 같은 자신에게 벌을 주고 싶었다. 그래서 극한 상황으로 자신을 내몰았던 것 같다.

뼈가 시릴 정도의 얼음 같은 물에 몸을 맡겼다. 차가운 한기가 살을 파고드니 온몸은 오돌오돌 떨렸다. 굵은 닭살이 온몸에 돋았고, 윗니와 아랫니는 저절로 강하게 부딪혔다. 다다닥 소리가 났다. 태인은 어금니를 꽉 물었다.

조심스럽게 차가운 물을 머리카락에 적셨다. 곧 살얼음이 어는 느낌이 들었다. 샴푸를 손바닥으로 비볐다. 그리고 머리카락에 문질러 헹궈냈다. 그 순간 물줄기를 따라 머리카락이 한 움큼 빠지는 것이 보였다. 고개를 들어 거울을 봤다. 오른쪽 이마 위가 휑하게 느껴졌다. 이것이 원형 탈모라는 것을 자연스럽게 인식했다. 태인은 유난히 머리숱이 많았지만, 최근 스트레스로 인해 원형 탈모가 생긴 것이었다. 사실 원형 탈모에 대해 그리 심각하게 생각하거나 놀라지는 않았다. 다만 갑자기 대머리가 된 것 같았다. 그 와중에 피식 웃음이 흘러나왔다.

샤워를 서둘러 끝낸 후 떨리는 몸을 수건으로 닦아냈다. 드라이어 전원을 켜고 따뜻한 바람을 가까이 댔다. 하지만 심하게 떨리는 추위가 쉽사리 가시지 않았다. 찬물 세례를 온몸으로 받고 나오니 한편으로 시원한 생각도 들었다.

몸을 추스르고 모처럼 청소를 했다. 청소기를 돌릴 필요도 없는 작은 방이었다. 빗자루로 방 안을 살며시 쓸어냈다. 머리카락과 먼지가 뭉치를 이뤄 따라왔다. 마땅히 걸레가 없어서 걸려 있는 수건에 물을 적신 후 방을 대충 닦았다. 얼마나 오래 방바닥을 닦지 않았는지 수건이, 아니 걸레가 순식간에 새까맣게 변했다.

며칠 후 태인은 불 꺼진 방 안에서 TV 채널을 여기저기 돌리고 있었다. 딱히 눈에 들어오는 프로그램은 없었다. 그저 아무런 생각 없이 멍하니 바라보고 있었다. 그러다 종편 시사 프로그램에 손이 멈췄다. 해당 프로그램은 도박중독을 다루고 있었다. 전직 카지노 딜러가 인터뷰를 시작했다.

"카지노에서 오랜 기간 일해 오셨죠? 거기에 오는 분들을 보면 느낌이 어떻습니까?"

흰 와이셔츠에 보라색 넥타이를 맨 기자 출신 사회자가 질문을 했다.

"저는 강원랜드, 파라다이스, GKL에서 10년 동안 딜러 활동을 했습니다. 방문객을 보면 한 몫 챙기려는 과대망상과 탐욕에 많이 젖어 있습니다. 하지만 외국인보다 우리나라 사람들이 그 정도가 훨씬 심합니다."

깔끔하고 단정한 용모를 가진 카지노 딜러가 대답했다.

"외국인보다 우리나라 사람들이 탐욕이 더 크다고 하셨는데 그 이유는 뭐라고 보십니까?"

카지노 딜러

기자 출신 사회자는 번뜩이는 눈빛을 보내며 이유를 물었다.

"외국인은 카지노에 오면 게임을 즐기려는 마음이 큽니다. 하지만 우리나라 사람들은 이와 반대입니다. 즐기려는 마음보다 돈을 벌기 위해 카지노에 오는 경향이 짙습니다. 그들의 탐욕을 탓하기 이전에 그런 마음을 극대화시킬 수 있는 카지노에 대해서도 분명 생각해 봐야 합니다."

전직 카지노 딜러는 웃음기 없는 표정으로 말했다.

"그렇군요. 딜러께서는 오랜 시간 활동을 하셨는데요. 카지노 딜러는 청년들에게 권해 줄 만한 직업인가요?"

기자 출신 사회자가 다시 질문했다.

"글쎄요. 이 부분에 대해 정확한 답변을 드리기가 곤란합니다. 사회생활을 돈의 가치에 두고 한다면 다른 직업에 비해 연봉은 높은 편입니다. 그리고 연봉 이외에 영업장에서 손님이 주는 팁이 상당합니다. 보통 연봉의 20~30% 정도가 됩니다. 요즘에는 2년제 대학을 중심으로 카지노 관련 학과가 많이 생겼습니다. 물론 해당 졸업생들은 카지노 취업을 희망합니다. 하지만 딜러는 관련 학과 학생 외에도 경쟁이 아주 치열합니다. 어떤 직업이든 본인과 맞는 것이 있을 겁니다. 적성을 스스로 아는 게 중요하다고 생각합니다. 그리고 손님을 상대하는 일이기 때문에 외모가 좋은 사람이 아무래도 유리합니다. 저처럼 말이죠."

전직 카지노 딜러는 농담인 듯 웃음을 지어 보였다.

"딜러께서 잘 생긴 건 맞습니다. 스스로 보기에 카지노 딜러의 직업적 느낌은 어떤 것 같습니까?"

기자 출신 사회자도 같이 웃음 지으며 말했다.

"제가 처음 일할 때만 해도 카지노 딜러의 이미지가 굉장히 좋지 않았습니다. 근래에는 카지노 딜러가 은근히 멋진 직업으로 포장되어 있습니다. 하지만 이는 허상입니다. 드라마나 영화에서 나오는 멋진 딜러는 과장된 측면이 많습니다. 전문 카지노 딜러로 삶을 살아가기는 그리 쉽지 않습니다. 고객이 돈을 크게 잃으면 제일 먼저 딜러에게 삿대질을 합니다. 그리고 거친 분노를 쏟아내며 욕을 합니다. 그럴 때마다 자존감이 무너지고 몇 번씩 일을 그만두고 싶어지기도 합니다."

"욕을 하는 고객이 많은가 보군요. 그런데 그럴 것도 같습니다. 돈 잃어버리고 기분 좋은 사람이 누가 있겠습니까? 다만 그 대상이 딜러가 된다는 것이 안타깝네요."

"특히 여자 딜러들은 상처를 받아 혼자 우는 경우가 많았습니다. 마음이 너무 여린 사람은 이 직업과 맞지 않습니다. 딜러는 서비스적인 친절함 이외에 무엇보다 평정심을 유지해야 합니다. 또 고객이 돈을 잃었다고 동정심을 가지면 안 됩니다. 하지만 돈을 크게 잃어버린 고객을 보는 것이 어찌 편하겠습니까?"

전직 카지노 딜러는 직업적인 소신을 밝히며 이렇게 반문했다.

"그렇군요. 저도 해외여행을 가면 카지노를 한 번씩 가봤는데요. 재미는 있지만 돈을 따기는 쉽지 않더군요. 카지노에서 숱한 고객을 만나셨을 텐데요. 실제로 돈을 따는 고객도 많이 보셨죠? 어떻습니까?"

기자 출신 사회자는 당연하다는 표정을 지으며 넌지시 물어보았다.

"당연히 돈을 따는 고객도 많습니다. 그 맛에 카지노를 방문하는 거 아니겠어요? 돈을 땄을 때의 스릴과 쾌감은 다른 느낌으로 대체가 안 됩니다. 백만 원을 들고 와서 하룻밤에 몇 천만 원을 따는 분도 있었습니다. 반면에 몇 억을 가져와서 그냥 빈손으로 나가는 분들도 정말 많이 봤습니다."

"몇 억을 가져와서 빈손으로 나가면 기분이 정말 좋지 않겠네요."

"일시적인 운으로 몇 차례 돈을 따는 고객은 있을 수 있습니다. 운이 좋아서 돈을 따게 되면 자리에서 일어나는 것이 좋습니다. 카지노에 오는 사람은 최종적으로 돈을 딸 수 없습니다. 방문 시간이 길어질수록 횟수가 늘어날수록 잃게 되어 있습니다. 이 사실을 카지노 영업장은 잘 알고 있습니다. 하지만 정작 카지노를 이용하는 자신은 모릅니다. 저는 한 사람과 그 가정을 파멸로 몰고 갈 수 있는 도박을 만류하고 싶습니다."

전직 카지노 딜러는 보고 느꼈던 대로 말을 전했다.

"그렇군요. 잘 알겠습니다. 도박중독이 요즘 심각합니다. 여기에 대해서 한 말씀해 주시죠?

기자 출신 사회자는 무게감이 있는 질문을 던졌다.

"합법 사행산업의 목적은 국민들의 스트레스를 풀어 주려는 것입니다. 카지노는 레저 관광 문화로 보기 좋게 포장되어 있습니다. 그러나 이 산업은 그럴듯한 취지와는 많이 다릅니다. 스트레스를 풀러 갔다가 스트레스를 받고 돌아오는 경우가 상대적으로 많습니다."

"맞습니다. 스트레스를 풀러 갔다가 받고 오죠. 카지노 가면."

기자 출신 사회자는 웃음을 보였다. 하지만 이것은 가볍지 않은 심각한 사회적인 문제였다.

"대한민국은 전 세계에서 도박중독 1위 국가입니다. 카지노 방문 횟수가 증가할수록 도박에 중독됩니다. 카지노는 중독된 고객의 모든 것을 빼앗아 갑니다. 이 중 대부분은 기혼 남성입니다. 도박중독이 된 기혼 남성들의 가정은 어떻겠습니까? 아마 보지 않아도 그 피해는 가족들에게 고스란히 전해지게 됩니다. 이렇게 중독된 고객들이 카지노를 더 부유하게 만들어 줍니다. 하지만 자주 이용하는 고객들은 점점 가난해집니다."

카지노 딜러

"도박에 중독된 사람들이 카지노를 부유하게 만들어 준다. 그렇지만 그 중독된 사람들은 어쩔 수 없이 가난해진다. 정말 일리가 있는 말씀이네요."

기자 출신 사회자는 고개를 끄덕이며 공감을 표시했다.

"강원랜드 인근에는 전당포가 아주 많습니다. 이렇게 한 지역에 전당포가 많이 모인 곳을 보셨습니까? 전당포는 대부분 도박에 빠진 분들이 이용합니다. 도박에 중독된 사람은 심한 경우 자기 마누라도 팔아먹습니다. 또 도박자금을 마련하기 위한 범죄도 해마다 줄지 않고 있습니다."

"맞습니다. 저도 강원랜드에 가봤지만 전당포가 정말 많더군요. 분명 많은 것에는 이유가 있을 테지요. 아마 처음 보는 사람들은 대부분 신기하게 볼 것 같습니다."

"강원랜드에서 전 재산을 탕진하고 자살한 분들이 많습니다. 그렇게 자살한 분들은 유서에 강원랜드를 원망하는 글을 적어 놓는 경우가 많습니다. 도박중독으로 심각한 사회 문제가 이렇게 많이 발생합니다. 이런 소식들을 대할 때마다 직업에 회의감이 들었습니다. 그런 문제들을 바라보기만 했던 것에 대해 큰 책임을 느끼고 있습니다."

전직 카지노 딜러는 차분하게 말을 전했다.

"네. 말씀 잘 들었습니다. 요새 불법 도박이 많은 문제가 되고 있죠. 이 문제도 아주 심각합니다. 여기에 대해서는 어떻게 생각하십니까?"

기자 출신 사회자는 다시 무거운 질문을 했다.

"예를 하나 들겠습니다. 도로를 달리다 보면 기존의 속도 제한 범위에서 뜬금없이 속도를 낮춰 놓은 구간이 많이 보입니다. 사실 예전의 속도를 유지해도 아무런 문제가 발생하지 않는 도로들이 대부분입니다. 박근혜 정부 들어서 교통 범칙금이 지속적으로 증가하고 있습니다. 과연 운전자들 의식이 퇴행해서 교통 범칙금이 많이 걷힐까요? 또 주식시장에서는 상하한가를 확대하고 거래 시간을 늘렸습니다. 주식시장을 활성화한다는 목적 아래 거래를 더 늘려 세금을 더 걷으려는 속셈이죠. 이런 작은 사례들이 어떻게 해서라도 세금을 더 확충하려는 노력 아닐까요? 물론 정부는 그럴듯한 말로 표면상으로는 부인하겠지요."

기자 출신 사회자는 고개를 다시 끄덕이며 암묵적으로 동의했다.

"정치인들은 선거철마다 공약을 내놓습니다. 그중에서도 복지에 대해서 많은 말을 합니다. 증세 없는 복지가 어디 있겠습니까? 말 그대로 인기영합주의지요. 합법 사행산업은 취지가 참 좋습니다. 그러나 그 안을 들여다보면 세금이 연관되어 있습니다. 국민들에게 합당한 명분을 내세워 세금을 더 거두려는 정부의 계산이 깔려 있습니다. 이런 사례가 기업이 고객을 대상으로 장사하는 것과 정부가 국민을 상대로 장사하는 것, 뭐가 다르다 할 수 있겠습니까?"

전직 카지노 딜러는 생수병을 들어 물을 마셨다.

그리고 계속 말을 이어 나갔다.

"정부가 직접 나서서 사행성 게임들을 만들어 놓았습니다. 지자체에서 요구한다고 하지만 그런 것도 관계자들의 기득권을 지키기 위한 핑계에 불과합니다. 국민들은 처음부터 사행성 게임을 만들어 달라고 요구한 적이 없습니다. 아시다시피 사행성 게임은 황금알을 낳는 사업입니다. 이런 사실이 확인되니 연관된 사람들은 분위기를 조성합니다."

"말씀을 듣고 보니 정말 그런 것 같습니다."

"불법 도박을 단속하는 취지 또한 좋습니다. 그것을 이용하는 사람들의 불행을 막겠다는 것이지요. 하지만 말은 바로 합시다. 세금을 정확하게 걷지 못해 그러는 거 아닙니까? 불법 도박의 베팅 액은 상대적으로 큽니다. 도박에 중독된 사람들은 더 큰 한탕을 노리기 위해 이쪽으로 빠져듭니다. 불법 도박은 근절되어야 하고 물론 나쁩니다. 그렇다면 합법적인 도박은 좋은 건가요?"

"네. 도박은 양지보다 음지가 강한 것 같습니다."

"결국 도박으로 인한 피해는 국민들이 봅니다. 그리고 피해 본 국민들을 통해 이익을 보는 집단들은 정부와 관계자들입니다."

전직 카지노 딜러는 안타까운 의견을 성토했다.

"알겠습니다. 오늘 좋은 말씀 잘 들었습니다. 마지막으로 향후 계획을 좀 밝혀 주실래요?"

기자 출신 사회자가 마지막 질문을 했다.

"앞으로 도박치유센터에서 자원봉사를 할 예정입니다. 그곳에서 도박에 중독된 사람들을 돕고 살겠습니다. 오늘 이렇게 초대해 주셔서 감사합니다."

강원도 정선

태인은 카지노 딜러가 말한 인터뷰 내용을 주의 깊게 들었다. 그리고 자신도 모르게 고개를 끄덕이고 있었다.

'저 사람 말이 틀린 게 하나도 없다.

주식투자도 카지노 세계와 마찬가지가 아닐까?

카지노에 오는 고객은 실패를 생각하지 않는다.

나도 주식시장에서 쉽게 성공할 줄 알았다.

하지만 어쩌다가 지금처럼 되었을까?'

태인은 현재 상황을 냉정하게 생각해 봤다. 어색하고 씁쓸한 웃음이 배어 나왔다.

태인은 문득 카지노가 궁금해졌다. 여태껏 한 번도 카지노에 가 본 적은 없었다. 그러나 지금은 가 보고 싶은 마음이 강하게 일어났다. 주식투자와 비슷한 성격을 가진 곳에서 사람들의 실상을 보고 싶었다. 한편으로는 게임을 해 보고 싶기도 했다. 카지노를 처음 찾는 고객들은 호기심 때문에 찾는다. 그리고 그 호기심으로 인해 도박중독까지 연결된다.

'밑바닥으로 더 떨어져 봐야 거기가 거기지 뭐.

원래 난 아무것도 없던 사람이잖아.

지금이 오후 일곱 시니깐 밤 열두 시쯤이면 도착하겠네.'

태인은 설사 도박에 중독되어 삶이 더 달라진다 해도 후회하지 않을 자신이 있었다. 이미 자신은 끝까지 내려왔다고 생각했다. 벌떡 일어나 나갈 채비를 마쳤다.

집 밖으로 나와 골목길에 주차된 하얀색 낡은 아반떼에 탑승했다. 중고차 업자에게 벤츠를 헐값에 팔고 남은 차액으로 받아 온 차였다. 그때만 생각하면 마음이 아파 왔다. 시동을 걸고 계기판을 바라봤다. 주행 거리가 117,670㎞라고 표시되어 있었다. 내비게이션에 전원이 들어오길 기다렸다. 옛날 버전의 외장 내비게이션은 아주 느렸다. 내비게이션에 강원랜드를 한 자씩 입력했다. 울산을 출발한 차는 정선으로 향하는 도로에 올랐다.

운전을 시작한 지 두 시간이 훌쩍 지나자 이정표에 울진이 보였다. 닫힌 창문을 끝까지 내렸다. 왼쪽으로 고개를 돌려 하늘

강원도 정선

을 봤다. 검은 하늘에 은빛별이 하나둘 비쳤다가 순식간에 지나갔다. 불어오는 차가운 바람이 시원하게 느껴졌다. 그 뒤로 한적하고 외진 산길을 굽이굽이 지났다. 한참을 더 가다 보니 정선에 진입했다. 전당포 간판이 하나둘씩 보이기 시작했다. 모텔과 마사지 업소, 식당이 차례대로 보였다. 그중 눈에 띄는 건 단연 마사지 업소 간판들이었다.

'무슨 마사지 업소가 이렇게 많지?

출장 마사지?

도박하다가 피곤하면 마사지를 받으라는 건가?'

태인은 속으로 피씩 웃었다. 강원도 정선은 상점 간판들이 어둠을 밝히고 있지만, 왠지 싸늘한 느낌을 지닌 이상한 동네였다. 첩첩산중을 지나 목적지 주변에 도착했음을 피부로 실감했다. 조금 더 올라가자 화려한 네온사인이 드디어 위용을 드러냈다.

'아. 저게 강원랜드구나'

막상 목적지에 도착하자 왠지 설레는 기분을 감출 수 없었다. 카지노의 모습이 무척이나 궁금해지기 시작했다. 곧이어 지하 주차장으로 들어섰지만 차를 주차하기도 어려웠다.

'뭐야? 새벽인데 왜 이렇게 차들이 많지?'

겨우 빈자리를 하나 발견하고 주차를 했다. 늦은 시간에도 차들이 빼곡히 들어서 있었다. 잠시 후 놀랄 만한 일을 또 확인했다. 카지노 입구에 들어서자 길게 늘어선 줄이 보였다. 자정이 넘은 시간인데도 말이다. 마치 백화점 세일을 기다리다가 몰려드는 장면 같았다. 길게 늘어선 사람들이 입장객인 줄 짐작했으나, 사실인지 확인받고 싶었다. 주위를 둘러보다가 인상이 선하고 안경을 쓴 경비 요원에게 모른 척 물어봤다.

"저 아저씨. 하나만 여쭤 볼게요. 오늘 강원랜드에 처음 와서 그런데요. 이 줄은 뭔가요?"

태인은 세상 물정 모르는 아이처럼 물어봤다. 착해 보이는 경비 요원은 그것도 모르느냐는 표정을 잠시 짓더니 친절하게 말했다.

"카지노에 입장하려면 입장권을 구입하셔야 합니다. 이 줄은 입장권을 사기 위한 줄입니다."

"입장권이요?"

"네. 카지노를 이용하고자 하시면 신분증을 제시하고 입장료를 내시면 됩니다."

"카지노에 들어가는데 신분증도 보여 줘야 해요? 신분증을 두고 왔는데 어떻게 해야 하죠?"

"신분증이 없으면 오른쪽으로 가서서 주민등록 초본을 발급받고 안내를 받으시면 됩니다."

경비 요원은 다시 친절하게 안내해줬다.

"주민등록 초본이요? 그렇군요. 알겠습니다."

태인은 안내 데스크로 가서 간단한 신상을 작성했다. 이어 주민등록 초본을 기계에서 발급받은 후 9,000원을 내고 입장권을 끊었다. 카지노에 들어가는 입장 절차가 간단하지 않은 것에 대해 순간적으로 짜증이 났다. 전 세계 카지노 중 강원랜드만 입장료가 있다는 사실이 떠올랐다. 그리고 고개를 들어 오른쪽 전광판을 바라봤다.

"9,571명"

오늘 방문한 입장객이 숫자로 표시되어 있었다. 태인은 입장료와 입장객을 곱해 보았다. 어마어마한 입장료 수익에 혀를 내둘렀다. 아마도 방문객 대부분은 이런 생각을 하고 있을 것이다.

사실 강원랜드 입장료 수익은 전액 국고로 귀속된다. 따라서 강원랜드의 영업 이익과는 무관하다. 간혹 입장객들의 볼멘 목소리가 있지만 큰 조세 저항은 없다. 이처럼 정부는 카지노에서도 국민들의 세금을 걷어가고 있었다. 도박으로 인한 좋지 않은 비평은 카지노가 감당한다. 하지만 뒤에서 실속을 챙기는 것은 한편으로 정부이다. 강원랜드는 호텔, 스키, 콘도, 골프, 카지노가 모인 복합 리조트이다. 이 가운데 카지노가 매출의 90% 이상을 차지하고 있다. 강원랜드는 카지노에 의해 유지되며 카지노에 의해 성장하고 있다. 강원랜드를 카지노라고 봐도 무방한 이유이다.

강원랜드의 거대한 건물에 비해 카지노 입구는 뜻밖에 작았다. 카지노 입장권을 구입했다 하더라도, 검은 양복에 이어폰을 꽂은 보안 요원들이 신분증과 얼굴을 대조했다. 검색에 응하는 사람들은 순한 양처럼 으레 받아들였다. 태인은 금속 탐지기를 지나 카지노에 들어섰다. 걸음을 옮기며 사람들을 살펴보았다. 하지만 영화에서 본 듯한 카리스마 있는 도박사의 모습은 어디에서도 볼 수가 없었다.

어떤 중년 남자는 게임 테이블 앞에 눕다시피 앉아 있었다. 그는 인상을 쓰며 혼자 알 수 없는 말로 연신 중얼거렸다. 화려해 보이는 슬롯머신의 굉음이 귀를 파고들었고, 칩끼리 부딪치는 소리가 들렸다. 또 여기저기서 웅성거리는 사람들의 목소리가 지나갔다. 바카라와 블랙잭을 할 수 있는 테이블은 빈자리를 찾을 수 없었다. 카지노 안의 첫 느낌은 화려했다. 하지만 한편으로 뭔가 어색했다. 마치 백화점에서 좌판을 깔고 야채와 생선을 파는 그런 느낌이었다.

강원도 정선

태인은 이런 느낌들을 받으며 카지노를 한 바퀴 돌아볼 때쯤이었다. 한 청년의 과격한 행동을 보았다. 그 청년은 야구 점퍼에 청바지를 입고 있었고 키가 제법 커 보였다.

"아~ 씨발~ 이거 아주 좆같네. 말도 안 되잖아!"

청년은 슬롯머신 앞에서 화가 단단히 난 표정을 짓고 있었다. 그리고 슬롯머신을 부숴 버릴 것처럼 발로 차고 있었다. 천정에 촘촘히 박힌 CCTV를 의식하지 못했나 보다. 순간 보안 요원들이 후다닥 달려왔다. 청년을 제지하고 어디론가 데려갔다.

태인은 그 청년이 돈을 많이 잃어버렸다고 짐작했다. 먼 길을 달려 카지노에 왔다. 하지만 청년의 모습을 본 이후로 게임을 할 맛이 싹 없어졌다. 카지노 내에 있는 음료 코너로 이동한 후 커피를 한 잔 주문했다. 그리고 작은 의자에 앉아 카지노 분위기를 몸소 느끼고 있었다. 사람들은 저마다 열정적으로 게임을 하고 있었다. 자리에 앉은 지 30분 정도가 지났을 무렵이었다. 왜소하고 남루한 사내가 앞으로 다가와 앉았다.

그는 살짝 고개를 숙여 인사를 하며 작은 목소리로 물어왔다.

"안녕하세요? 혹시 강원랜드 자주 오세요?"

왜소한 사내는 태인에게 알 수 없는 호기심을 보였다.

"아니요. 오늘 처음 왔어요."

"그래요? 악마의 소굴에 뭐하리 왔어요?"

"네? 왜 카지노가 악마의 소굴이에요?"

태인은 옅은 미소를 보이며 물어봤다.

"여기 오면 인생이 바뀌어요. 만약 돈을 따면 그 맛에 더 하려고 하죠. 그리고 돈을 잃으면 복구하려고 또 하게 되고요. 이래도 저래도 할 수밖에 없어요. 하지만 그 끝은 언제나 파멸이죠. 내가 그렇게 되었지요. 숨조차 쉴 수 없는 고통을 아는지 모르겠네요."

왜소한 사내는 한탄하듯이 말을 했다.

"게임을 많이 하셨나 봐요. 말 못할 사연이 있으신가 보네요."

"아휴. 말도 마요. 내가 올해 49살이에요. 카지노를 처음 알게 된 것은 미국으로 유학 갔을 때였죠. 처음에는 지금처럼 카지노에 빠져 살지는 않았어요."

"그러셨군요."

"음. 그러다가 40대 초반쯤이었죠. 인쇄사업이 잘되면서 돈을 좀 벌게 되었어요. 당시 강남에 아파트도 사고 현금도 몇 십억을 가지고 있었죠."

"우와. 굉장히 부자셨군요."

"아뇨. 뭐 그냥 동네 부자 정도였죠. 어느 날 친구 녀석이 강원랜드에 놀러 가자며 말을 하더군요. 마침 무료했던 차에 친구를

강원도 정선

따라서 여기 정선에 오게 되었죠. 그날 얼마를 번 줄 알아요?"

"아니요. 얼마를 버셨는데요?"

"그날은 정확히 기억나요. 이천만 원을 넘게 벌었어요. 딜러에게 팁으로 백만 원을 주고 그날 밤은 호텔 로열 스위트룸에서 잠을 잤죠. 사업으로도 돈을 많이 벌어 봤지만 도박으로 번 돈은 쾌감이 묘하더군요."

"그러셨군요."

"다음 날 친구는 돌아가고 혼자 카지노에 또 오게 되었죠. 사흘을 연속으로 카지노에 왔는데 다해서 얼마 번 줄 알아요?"

"아니요. 궁금하네요."

"총 오천만 원을 넘게 따고 서울로 돌아갔어요."

"이야. 정말 대단한데요? 멋지네요."

"그게 바로 내 인생을 바꿔 놓은 계기지요."

왜소한 사내는 씁쓸한 웃음을 머금으며 말을 전했다.

"사실 저는 굉장히 짠돌이였어요. 사업을 힘들게 하다 보니 두부 한 모조차 가격을 보고 샀죠. 동네 슈퍼보다 두부 가격이 100원이라도 저렴한 마트를 알게 되면 걸어서 30분을 가기도 했어요. 그런 생활력으로 돈을 모아서 집도 사고 사업체도 일궈 놓았죠. 그런데 도박으로 쉽게 돈을 따 보니 쉽게 써지더군요. 난생 처음 강남 룸살롱에 가서 즐기기도 했죠. 버는 것도 순식간이었고 쓰는 것도 순식간이더군요."

"그런 일이 있으셨군요."

태인은 왜소한 사내 말을 조용히 듣고 있었다.

"그렇게 서울로 돌아오고 나서 사업이 좀 바빴어요. 그러다 몇 개월이 지나서 강원랜드를 다시 찾았죠. 아마 그때가… 여름휴가 때였어요. 거기 머무는 이틀 동안 지난번 땄던 돈의 2배를 잃었어요. 일억이 넘는 돈을 허망하게 날렸죠. 그렇게 서울로 돌아오니 도무지 억울해서 잠을 잘 수 없더군요."

"아이고. 안타까운 일이었군요."

"생각하면 참 열 받아요. 그래서 사업도 팽개치고 다시 강원랜드에 왔어요. 그 뒤로 어쩐 일인지 계속 돈을 잃기만 하더군요. 잃은 돈을 한방에 메꾸려고 집을 담보로 대출을 받아서 크게 판을 키웠죠. 결국 강남 아파트는 대출금을 갚지 못해 경매로 넘어갔어요. 사업도 잘 안 되고 생활이 쪼들려지니 애들 엄마랑은 이혼까지 하게 되었죠."

"가슴 아픈 사연이네요."

"그때는 도박중독인 줄 알고서도 끊을 수가 없더군요. 그 뒤로 몇 년째 이렇게 떠돌면서 살게 되었네요."

왜소한 사내는 자신의 슬픈 사연을 털어놓았다.

"그럼 식사랑 잠은 어떻게 해결하세요?"

강원도 정선

"강원랜드 주변에는 무료 급식을 해주는 데가 있어요. 거기서 하루에 한 끼 정도 먹어요. 여름에는 텐트를 치고 살기도 하고요. 요즘에는 추워져서 잠자리가 제일 큰 고민이네요. 이렇게 지내다가 돈 생기면 게임을 하러 또 오고요."

"그렇군요."

"그런데요. 나처럼 사는 사람이 인근에 제법 많아요. 이번에는 제대로 할 수 있을 것 같거든요."

"도박으로 돈을 다시 딸 거라고 생각하세요?"

"바카라를 오래 한 사람들은 자신만의 노하우가 있어요. 그 공식이 옳다고 생각하죠. 물론 나도 마찬가지죠."

"그래요? 정말 그런가요?"

"그런데 사실 그런 건 없어요. 실제로 그런 사실을 알면서도 답이 없으니 할 수 없는 거죠. 정선 인근에는 도박으로 인해 자살한 사람이 많잖아요. 나도 이렇게 살다가 죽을 것 같네요."

왜소한 사내는 운명을 예감하고 있는 것처럼 보였다.

"초면에 미안한데 만 원만 주시면 안 될까요? 사우나에 좀 가야 되는데 돈이 없네요. 제 이야기를 들은 값이라 치고요."

왜소한 사내는 듣기에 거북한 본론을 꺼냈다. 이 사내는 지난 과거를 팔아 앵벌이를 하고 있었다.

"알겠습니다. 저도 돈은 많이 없지만. 여기요."

태인은 순간 머뭇거렸다. 하지만 자신이 이용당했다는 생각보다 왜소한 사내에 대한 불쌍함이 더 컸다. 만 원은 있어도 없어도 사는 돈이었다.

"아이고 고맙습니다. 잘 때 없으면 호텔 사우나 가면 돼요. 그런데 가려면 빨리 가야 해요. 입장객을 제한하거든요."

"네. 그럴게요."

"그럼 나중에 또 봐요."

왜소한 사내는 밝은 표정으로 고마움을 표했다. 그리고 반가웠다는 듯 미소를 지어 보였고, 빠른 걸음으로 사라졌다. 그는 마치 목표 달성을 한 것처럼 보였다.

어느덧 새벽 여섯 시가 되었다.

왜소한 사내의 이야기를 듣다 보니, 폐장을 알리는 안내 방송이 들려왔다. 태인은 이대로 집으로 갈 수가 없었다. 뭔가 아쉬웠다. 사내가 말한 대로 호텔 사우나에 올라갔다.

"손님 죄송합니다. 인원이 초과하여 입장하실 수 없습니다."

사우나 안내 데스크에서 들어갈 수 없다는 이야기를 들었다. 그의 말이 사실이었다.

카지노가 폐장하면 입장객들이 우르르 쏟아져 나왔다. 그들은 전국으로 흩어져 각자 집으로 돌아가거나 피로를 풀고 다시 게

강원도 정선

임을 하기 위해 인근에서 숙박한다. 사우나는 카지노 영업이 마감되는 새벽 여섯 시에 문을 열었다. 그곳은 저렴하게 잠을 자기 위한 손님들로 언제나 인기가 좋았다. 밤새 게임을 하느라 초췌한 몰골을 한 사람들이 한꺼번에 사우나로 몰려갔다. 그곳에서는 종종 줄을 서서 입장하는 진풍경이 벌어졌으며 순식간에 만원이 되었다.

'참나. 무슨 사우나에 입장 제한을 하냐?

살다가 이런 경우는 처음 보네.'

태인은 이곳이 참 특이하다고 생각했다.

안내 데스크에서 전하는 이야기를 듣고 이내 발길을 돌렸다.

태인은 주식투자를 알게 된 후 우여곡절이 많았다. 주식시장에 들어오며 장밋빛 미래를 꿈꿨다. 하지만 어두운 현실이 앞을 지배했다. 최고급 아파트에서 비좁은 원룸으로 옮겨왔다. 그리고 벤츠는 낡은 아반떼로 뒤바뀌었다. 또 거액의 현금은 다 잃어버렸다. 멋진 집을 팔 때도 통장 잔액이 계속 줄어들 때도, 마지막 자존심이었던 벤츠는 지키고 싶었다. 하지만 어느 것도 지킬 수 없었다. 젊은 시절 금전적으로 이뤘던 모든 것을 주식시장에서 잃었다. 주식투자에 입문하면서 성공을 의심치 않았다. 그러나 요즘은 이기지 못하는 승부를 하고 있다고 생각했다. 강원랜

드에 직접 와보니 이곳에 오는 사람들과 주식투자를 하는 사람
들이 다를 게 없다고 느껴졌다. 끝나지 않은 현실에 괴로움만 쌓
여갔다.

강원도 정선

민박집 아줌마

태인은 강원랜드를 나서며 차에 시동을 걸었다. 주차장을 빠져나오니 안개가 자욱하게 끼어 있었다. 일부러 속도를 높이지 않고 천천히 차를 몰았다. 딱히 만날 사람도 없었고 목적지도 없었다. 그저 그렇게 정처 없이 이십 분을 달리다 보니 민둥산역이 나왔다. 그 부근에 차를 세우고 크게 숨을 들이마셨다. 강원도 정선의 공기는 굉장히 맑고 산뜻했다. 이렇게 좋은 공기를 마시고 있었지만 마음속에는 이를 음미할 여유가 없었다. 주변을 조금 걷다 보니 골목 어귀에 펜션 한 곳이 보였다. 이름은 펜션이라고 써 놓았으나 허름한 민박집 수준이었다. 하지만 이것저것 따질 처지가 아니었다.

"계세요?"

오전 일곱 시가 이른 시간이었는지 아무런 인기척이 없었다.

"아무도 안 계세요?"

다시 한 번 허공에 대고 사람을 불렀다.

"아이고. 일찍 오셨네요. 방 필요해요?

잠시 후 서글서글하게 보이는 아줌마가 나왔다. 이제 잠에서 깬 것처럼 부스스해 보였다.

"네."

"몇 명이에요?"

"저 혼자예요. 혹시 방 남는 거 있나요?"

"그럼요. 있다마다요.

"얼마예요?"

"삼만 원이에요."

"여기요."

"반나절쯤 지나서 비워 주시면 돼요. 편하게 쉬세요."

태인은 민박집 아줌마의 안내에 따라 방으로 들어갔다. 방 안에 들어서서 불을 켜고 한번 살펴보았다. 한쪽 구석에 이불이 가지런히 접혀 있었다. 또 아담한 TV와 냉장고, 그리고 샤워 시설이 있는 원룸 형태의 민박집이었다. 현재 거주하고 있는 곳과 크게 다르지 않아 오히려 정겹기도 했다. 옷을 벗고 뜨거운 물에 샤워를 했다. 낯선 곳에서 혼자 샤워하는 느낌이 상쾌하지만은

민박집 아줌마

않았다. 샤워를 마치고 이불을 폈다. 이불은 오랫동안 세탁을 제대로 하지 않은 눅눅한 냄새가 났다. 하지만 모른 척하는 것이 마음이 편했다.

태인은 근래에 자주 굶었다. 배가 고파지면 최소한으로 허기를 달랬다. 그리고 잠을 자기 시작하면 오랜 시간을 이불 속에 누워 있었다. 잠을 잤다고는 하지만 깨어 있는 것처럼 느끼기도 했다. 잠을 자는 순간에도 지나가는 차 경적 소리와 사람들의 대화 소리를 어렴풋이 듣곤 했다. 또 어느 방향인지는 모르겠지만 개 짖는 소리가 멀리서 들리기도 했다. 이 모든 것이 꿈이었으면 좋겠다는 생각을 자주 했다. 웃어 본 지는 언제인지 기억도 나지 않았다. 우울한 시간이 이어졌다. 아무런 기쁨도 없었다. 가지고 있던 전 재산을 잃어버린 상황에 처했지만 그런 일로 눈물을 보이지도 않았다. 눈물도 왠지 사치처럼 느껴졌고 아무런 해결책이 될 수 없음을 알고 있었다. 눈물로 치유될 수 있는 슬픔도 있지만 아닌 것도 있다.

태인은 어느 순간부터 분노도 표현하지 않았다. 넋을 잃고 살고 있었다는 말이 맞았다. 정말 이상한 마음이었지만 근래에 겪고 있는 이 과정들이 한편으로는 아무렇지도 않았다. 몇 년간 늘 혼자서 세상과 등지며 살아왔다. 마음은 점점 닫혀갔고 차가워져 갔다. 그러나 혼자인 것이 다행이라는 생각도 들었다.

태인은 얼마 전부터 이대로 죽고 싶다는 생각을 했다. 아니 정확히 말하면 '이렇게 살아서 뭐하지'라는 생각을 했다. 언제부터인가 인생의 끝을 찍는다 해도 하나도 두렵지가 않았다. 가슴 시린 사랑도 해 봤고 물질적으로 풍요로운 환경도 누려봤다. 죽고 싶다는 생각은 단지 정신적인 고통을 끝내고 싶다는 표현이었다.

민박집의 작고 허름한 방 안에서 커튼을 쳤다. 낮이었지만 곧 어둠이 만들어졌다. 가방을 뒤져 안쪽 주머니의 지퍼를 열었다. 며칠 전 준비해 두었던 수면제가 보였다. 냉장고에서 생수 한 병을 꺼내 한 모금 마셨다. 그리고 수면제 다섯 알을 한꺼번에 삼켰다.

한 시간쯤 지났다고 생각했다. 이대로 죽는 것이 아닌가 하는 두려움 속에서 의식이 가물가물해졌다. 비로소 잠이 오고 있었다. 하지만 수면제 다섯 알을 먹는다고 죽는다는 생각은 하지 않았다. 그저 영원한 잠을 오랫동안 자고 싶었나 보다. 곧이어 아무 소리도 들리지 않았다. 죽음처럼 깊은 잠에 빠져들고 있었다. 그렇게 오랜 시간 잠을 잤다. 꽤 오랫동안.

민박집 아줌마

"이봐요, 총각. 정신 좀 차려 봐요."

태인은 누군가가 몸을 흔들어 깨우는 걸 느꼈다. 살며시 눈을 떴다. 정신이 들었으나 몸은 마음대로 움직여지지 않았다.

"다행이네요. 하루가 지나도 방에서 나오질 않아 염려가 되서 들어와 봤어요. 총각한테 무슨 큰일 생긴 줄 알았네요."

태인은 흐릿한 시야 틈에서 민박집 아줌마를 알아보았다.

"괜찮아요. 몸이 안 좋아서 그냥 계속 잔 것뿐이에요."

태인은 힘없이 말을 했다.

"아프면 병원을 가야죠. 이런 시골에서 혼자 이러고 있으면 어째요?"

"이제 일어날 거예요. 걱정해 주셔서 고맙습니다."

태인은 잠에서 깨어난 듯했지만, 몽롱한 채로 한참을 더 누워 있었다. 몇 시간이 더 지났다. 이제야 정신이 돌아오는 것 같았다. 때마침 심한 허기를 느꼈다.

"이제 일어날 거죠? 총각 배 안 고파요?"

민박집 아줌마가 다시 방문을 열어 보았다. 선명한 금빛 빛깔이 창을 통해 들어왔다.

"너무 오래 누워 있었더니 배가 고프네요. 목도 마르고요."

"그래요? 어서 물부터 한잔해요."

"네. 혹시 근처에 맛있는 식당 있어요? 아는 데 있으면 소개

좀 해 주신래요?"

"밥은 우리 집에서 한술 들어요. 나와요. 내가 차려 줄게요."

"아니에요. 그냥 식당에 가서 사 먹을게요."

"아휴. 아무 말 말고 그냥 먹어요."

"공연히 피해를 드리고 싶지 않아요."

"왠지 안타까워서 그래요. 돈은 내지 않아도 돼요. 내가 해줄 수 있는 게 밥 한 끼 주는 게 다잖아요. 조금 있다가 나와요. 알았죠?"

민박집 아줌마는 좋은 인심이 느껴지는 목소리로 말했다.

"알겠습니다. 그럼 세수 좀 하고 나가겠습니다."

잠시 후 민박집 아줌마는 먹음직스러운 된장찌개와 곤드레 밥을 내어 왔다.

"얼른 들어요. 우리는 된장도 직접 담그고 곤드레도 직접 재배해요."

"네. 정말 맛있어 보이네요."

"여기 양념장에 쓱쓱 비벼서 같이 먹어 봐요. 우리가 평소 먹는 대로 차렸어요."

강원도에서 보는 시골 밥상은 너무나 먹음직스러웠다. 없던 입맛이 살아나는 기분이었다. 그동안 라면과 즉석식품으로 끼니를 때워 왔다. 태인은 이런 밥상이 얼마나 그리웠는지 모른다.

민박집 아줌마

"감사합니다. 맛있게 잘 먹겠습니다."

태인은 민박집 아줌마가 차려 준 밥상이 입에 잘 맞았다. 허겁지겁 단숨에 비워냈다.

"아주머니. 밥을 정말 맛있게 먹었습니다. 된장찌개도 옛날 시골에서 먹던 맛이네요. 곤드레 밥은 너무 향긋한 향이 나네요. 갑자기 없던 기운이 막 샘솟는 기분이에요."

"아이고. 얼마나 배가 고팠으면 밥풀 하나 안 남기고 싸악 먹었네. 총각이 이렇게 맛있게 들어 주니 아주 좋네요."

민박집 아줌마는 기분 좋은 미소를 지어 보였다.

그리고 숭늉 한 사발을 내밀며 알 수 없는 표정으로 말했다.

"우리 민박집에는 강원랜드에 들렀다 오시는 분들이 대부분이에요. 그런데 가만히 보면 표정이 어두운 분들이 많아요. 아마도 카지노에서 돈을 잃은 사람들이 아닐까 생각하죠."

"음. 그렇군요."

"오시는 손님들 사연을 일일이 물어볼 수는 없잖아요. 방을 내달라 하니 내드리기는 해요. 그렇지만 항상 우리 집에 오는 손님들을 걱정해요. 혹시나 이상한 생각을 할까 봐요."

"이상한 생각을 한다는 게 자살을 말씀하시는 건가요?"

태인은 왠지 구체적으로 묻고 싶어졌다.

"아휴 말도 마요. 정선은 자살 사건이 얼마나 빈번한지 몰라요. 우리 민박집 주변은 강원랜드랑 한 이십 분 떨어져 있어요. 그래서 여기 와서 목숨을 끊는 사람은 드물어요. 그런데 카지노 인근의 숙박업소들은 스스로 목숨을 끊는 분들이 많이 나와요. 얼마나 흉흉한지 몰라요."

"저도 뭐 대충 이야기는 들은 적이 있었습니다."

"소방대원은 불을 끄고 경찰은 치안을 담당해야 하잖아요. 그런데 여기 구급대원이나 경찰은 자살한 분들 수습하고 조사하는 일을 많이 해요."

"정말 안타까운 이야기네요."

"만약에 고향이 아니었다면 벌써 떠났을 거예요. 폐광촌에 활기를 불어넣겠다고 강원랜드를 만들어 놨잖아요. 찬반 의견이 물론 있어요. 하지만 지역민들에게 활기찬 경제가 결코 아니에요. 우울한 악몽이에요. 평온하고 조용하던 우리 고향에 사건이 너무 많아졌잖아요."

"그렇군요."

"강원랜드가 생기고 난 후 인근 주민들이 많이 갔어요. 그런데 그곳에 자주 가서 전 재산을 탕진한 고향 분들이 나타나기 시작했어요. 그분들은 전 재산을 잃고 목숨을 끊었어요. 평생을 농사만 짓고 살던 순박한 분들이었죠."

민박집 아줌마는 안타까운 표정을 지으며 말했다.

민박집 아줌마

"강원랜드는 정말 그늘이 많군요."

"부근에 전당포 모여 있는 거 봤어요? 그 뒤 주차장을 가보면 고급 차들도 가득해요. 맡기고 찾아가지 않은 사람들이 일부러 그랬겠어요? 특히 남자들은 차 얼마나 끔찍하게 아껴요?"

"네. 저도 오다가 봤는데 전당포가 정말 많더군요."

"또 봐 봐요. 불법 사채업자들이 판을 치고 있죠? 하루에 한 끼를 걱정하는 노숙자들도 얼마나 많은지 몰라요. 정선역에 가면 잘 때가 없는 노숙자들이 밤마다 만원이에요. 심지어 진짜 막판까지 몰린 사람들은 도박 자금을 마련하려고 장기 매매까지 해요. 아이고 너무 섬뜩한 게 말도 못 해요."

"정말 문제가 심각하네요. 전당포는 드라마 속에서 보던 곳이었는데. 전당포는 왠지 인식이 좋지 않은 것 같아요."

"내가 아는 사람도 전당포를 해요. 이 동네는 이자를 열흘 단위로 계산해요. 선이자 10%를 먼저 떼고 열흘에 10% 이자가 붙어요. 이곳에는 맡긴 물건을 찾아가지 않는 경우가 허다해요."

"아. 그렇게 운영이 되는군요."

"그분이 그러더군요. 연락도 되지 않고 물건도 찾아가지 않는 실종된 사람들의 전화번호를 잔뜩 가지고 있는 게 큰 스트레스라고."

"듣고 보니 맞겠군요. 전당포도 쉬운 일이 아니네요."

"돈 빌리려고 처음 온 사람이 금반지를 맡긴데요. 그리고 하루 쯤 지나서 소름이 끼칠 정도로 초췌해져서 다시 온데요. 그리고 차를 또 맡긴데요. 이런 모습을 자주 보는 것이 괴롭다고 하더군요."

"정말 그렇겠네요. 우울한 사람들을 매일 보는 게 힘들겠네요."

"욕하고 생떼 쓰면서 돈을 더 달라고 하기도 한데요. 사실 이런 사람들이 걱정되지는 않는데요. 그런데 아무 말 없이 조용히 고개만 끄덕이며 돈을 빌려 가는 사람들이 있데요. 사고는 이런 분들이 친다고 하더군요."

"음."

"처음에는 단순히 놀러 왔겠죠. 돈 잃어버린 것이 억울하니 물건 맡겨서 다시 도박하고, 또 도박해서 잃어버리고. 그러다 희망을 놓으면 비극적인 일이 발생하곤 하죠."

민박집 아줌마는 이야기를 쉼 없이 쏟아 냈다. 하지만 말하는 표정에는 애석함이 가득해 보였다.

"재밌는 거 하나 알려 줄까요? 혹시 하이원 카드 알아요?"

"하이원 카드요? 글쎄요 처음 듣는데요. 그건 뭐예요?"

태인은 고개를 갸웃하며 민박집 아줌마에게 되물었다.

"강원랜드는 도박한 만큼 포인트가 적립돼요. 하이원 카드를 보통 콤프라고 불러요. 이 포인트는 강원랜드와 근처 가게에서 현금처럼 사용할 수 있어요."

"그런 것도 있어요?"

"도박을 많이 하면 자연스럽게 포인트가 늘어나겠죠? 이것은 교묘한 상술이죠. 도박도 이런 방식으로 합법적인 마케팅을 해요. 이게 하이원 카드예요. 정말 어이가 없죠."

"세상에. 오히려 도박을 부추기는 역할을 하겠군요."

태인은 민박집 아줌마 이야기를 듣고 실소를 터뜨렸다. 누구의 발상인지 기가 막혔다.

강원랜드가 개장한 이래 천억 이상을 베팅한 고객은 삼십 명 정도로 추산한다. 이 추정치는 강원랜드가 이용객에게 주는 일종의 마일리지, 즉 콤프 누적액 순위를 집계한 결과다. 강원랜드는 콤프 1포인트를 1원처럼 지역 상가에서 쓸 수 있게 하고 있다. 적립 포인트는 이용한 시간과 베팅 액에 따라 조금씩 차이가 있다. 통상적으로 베팅 액의 1%를 적립해 주고 있다. 백만 포인트 이상 적립자는 약 사천 명이 넘는다. 백만 포인트는 일억이란 의미와 같다. 콤프는 강원랜드 주변의 상권 활성화를 위한 명분으로 도입되었다. 하지만 콤프를 현금으로 요구하는 고객들이 많다. 또 그들을 상대로 차액을 챙기는 콤프깡이 기승을 부리고 있다. 여기에 대해서는 빛과 그림자가 뚜렷이 공존하고 있다. 좋은 취지로 콤프를 적립해 주고 운영한다지만, 사실 콤프는 가지노 개평이다.

"휴. 벌써 몇 년 전이네요."

민박집 아줌마는 한숨을 내쉬었다.

"앞에 보이는 부길 식당 있죠? 민둥산역 근처 식당들은 새벽 같이 영업을 시작해요. 강원랜드가 새벽 여섯 시에 폐장을 하니 깐 거기에 맞춰서 오는 식사 손님들이 제법 있거든요."

"그렇군요."

"그날은 부길 식당에 가서 이런저런 이야기를 하고 있었어요. 이야기를 하고 있던 도중, 문 앞에 고급 외제차가 한 대 서더니 중년 신사가 혼자 내리더군요. 그리고 조용히 식당 안으로 들어 와서 김치찌개를 주문했어요. 몇 술 뜨더니 자리에서 일어나더군 요. 계산하면서 조용한 숙박업소를 소개해 달라고 했어요. 마침 그 자리에 내가 있어서 우리 민박집으로 안내를 해 드렸죠. 그 신사 분은 사흘을 머물겠다며 한꺼번에 숙박비를 계산했어요."

민박집 아줌마는 잠시 말을 멈췄다. 그리고 생각을 조금 하더 니 다시 말을 이어나갔다.

"그 신사분이 우리 집에 머문 지가 사흘이 지났는데 아무런 인 기척이 없는 거예요. 결국 문을 따고 들어가 보니 번개탄을 피워

가스를 마셨는지 재가 남아 있더군요. 신사 분은 그대로 누워 있었어요. 정선에서 자살했다는 소식을 많이 들었는데 내 집에서 이런 일이 발생한 걸 보게 되니 너무나 놀랐어요. 한동안 아무 일도 할 수 없었죠."

태인은 민박집 아줌마 이야기를 가만히 듣고만 있었다.

"사건이 자살로 종결되고 경찰한테 이야기를 들었죠. 그분은 서울에서 유명한 병원을 운영하던 분이었는데요. 강원랜드에서 재산을 거의 잃고 마지막 선택을 여기서 한 것이었죠. 그 사건 이후로 그냥 문 닫아 놓고 일 년을 지냈어요."

"그러셨군요. 마음이 많이 좋지 않았나 봐요."

"어느 날 도저히 이렇게 있어서는 안 될 것 같았어요. 그 후로 기존 민박집을 리모델링해서 이렇게 영업하고 있네요."

"그런 가슴 아픈 사연이 있으셨군요."

"그 뒤로 우리 집에 오는 손님은 하루 이상 숙박을 받지 않아요. 소식 없이 방 안에서 나오지 않으면 문을 따고 들어가 봅니다. 다행히 그런 일은 더 이상 나오지 않았네요. 총각 방을 들어가 본 것이 이제 이해가 되나요?"

"네. 이해가 되네요."

태인은 고개를 끄덕였다. 민박집 아줌마 말에 공감을 표했다.

"내가 보기에 총각도 매우 힘들어 보였어요. 어떤 사연이 있는

지는 모르겠지만 살다가 니무 힘들 때는 한숨 푹 자요. 그리고 오늘처럼 맛있는 걸 든든히 챙겨 먹어요."

"네. 그럴게요."

"그럼 아주 좋은 에너지를 얻을 거예요. 그렇게 얻은 에너지로 무슨 일을 한다면 뭔들 못하겠어요?"

"오늘 주신 말씀 가슴에 꼭 새겨 놓겠습니다. 여러 가지로 너무 감사합니다."

민박집 아줌마가 전해준 이 말에는 단순하고도 깊은 뜻이 있었다. 태인은 그 말뜻을 이해했다.

태인은 민박집을 나올 때 눈부신 햇살을 느꼈다. 그 햇살을 통해 생명감이 넘치는 황홀한 기분을 얻었다. 그동안 무너지고 부서졌다. 하지만 다시 새싹의 감정이 살아나고 있었다. 이 모든 게 신기했다. 민박집 아줌마가 차려주신 한 끼의 식사는 그런 힘을 주었다. 강원랜드는 돈을 따더라도, 혹은 돈을 잃더라도, 다시 가야 할 이유가 생긴다. 사람들의 재산과 직업에 상관없다. 그곳에는 섹시한 유혹이 있다. 천사의 표정을 가지고 유혹하는 악마의 소굴, 그곳이 바로 카지노이다.

민박집 아줌마

해운대 정아

태인은 민박집을 나온 후 울산으로 향했다. 내려오는 길에 마주한 7번 국도는 푸른 바다가 선명하게 이어져 있었다. 그 풍경이 매우 아름다웠다. 이정표에 영덕이 보였고 휴게소에 잠시 들렀다. 휴게소에서 바라본 바다는 고요했지만 힘이 느껴졌다. 매일 먹었던 라면이 갑자기 생각났다. 컵라면에 물을 부어 바다가 보이는 테이블에 자리를 잡았다. 한겨울 바람을 맞으며 호로록 불어 가며 라면을 먹었다.

'집에 가면 뭐해?
주식이나 보고 있겠지?'

태인은 휴게소에서 목적지를 해운대로 바꿨다. 몇 시간을 달려 부산에 도착하니 주차할 만한 자리가 여의치 않았다. 문득 조선호텔 뒤편에 공영 주차장이 생겨났다. 그곳에 주차를 하고 내린 후 크게 숨을 들이마셨다. 남쪽의 바닷가 공기는 또 달랐다. 그렇게 차갑지 않은 상쾌함이 느껴졌다. 어느새 해는 저물어 가고 있었다. 해운대 마린시티가 하나둘 불을 켜며 어둠을 밝히고 있었다.

태인은 해운대 산책로를 따라 바닷길을 걸었다. 산책을 즐기는 사람들이 제법 많았다. 바닷바람을 맞으며 천천히 걷고 또 걸어가고 있었다. 그때 파도소리를 뚫고 어떤 여자의 감미로운 목소리가 들렸다. 목소리가 들리는 곳을 바라보니 사람들이 주위에 몰려 있었다. 가까이 가서 확인해 봤다. 한 여자가 길거리 공연을 하고 있었다.

그녀는 베이지색 오리털 파카와 진한 청 스키니진을 입고 있었다. 나이키 문양이 선명한 운동화도 돋보였다. 그리고 가냘파 보이는 체구였지만 기타를 메고 있었다. 머리는 그리 길지 않았고 볼륨감이 있었다. 나이는 많아 보이지 않았다. 하지만 정확히 나이를 가늠할 수가 없었다. 목소리에서 들려오는 성숙함이 그 이유였다. 그녀의 목소리는 깊이가 있었고 감성이 느껴졌다.

노래 한 곡이 끝나자 사람들이 박수를 쳤다. 그녀는 아무런 말도 하지 않은 채 다시 노래를 부르기 시작했다. 그렇게 몇 곡의 노래를 쉬지 않고 불렀다. 그녀의 서글픈 음색은 해운대 바다와

해운대 정아

잘 어우러졌다.

"이번이 마지막 곡이었습니다. 제 노래를 들어 주셔서 고맙습
니다."

그녀는 청중들에게 짧은 인사말을 보냈다. 사람들은 작은 박
수를 깊이 있게 보내 줬다. 그리고 하나둘 자리를 떠났다. 그녀
는 조용히 자리를 정리하고 모래사장 쪽으로 걸어갔다. 태인은
그녀를 가만히 지켜보다가 무작정 따라나섰다. 그녀는 걸음을 멈
추고 검은 밤바다가 바로 앞에 보이는 모래사장에 털썩 앉았다.
조용히 바다를 바라보며 한동안 생각을 하고 있었다.

"안녕하세요? 조금 전에 공연을 봤어요. 목소리가 너무 좋았습
니다."

태인은 그녀에게 다가가서 말을 붙였다. 조금 더 가까이서 본
그녀는 맑은 미모와 시크한 차가움이 동시에 묻어나 보였다. 잠
시 후 그녀에게서 돌아올 싸늘한 반응을 생각하기도 했다. 그래
도 진심을 담아 노래를 불러 준 그녀에게 고맙단 말을 전하고 싶
었다.

"어. 깜짝이야. 정말이요?"

그녀는 놀란 표정을 짓더니 미소를 지으며 답을 전했다.

"네. 음색이 너무 맑았어요. 최고였습니다."

태인은 웃으며 엄지손가락을 들어 올렸다.

"사실 제가 좋아서 하는 일이지만 길거리 공연을 할 때는 늘 외로워요."

"아~ 그런 마음이 있으셨군요?"

"이렇게 응원을 해 주시니 고맙네요."

태인은 그녀의 친절한 반응이 의외였으나 기분이 매우 좋았다. 그녀의 화장기 하나 없는 뽀얀 피부가 빛이 났다. 하지만 커다란 눈은 왠지 슬퍼 보였다.

"제가 음악은 잘 모르지만 뭔가 끌리게 하는 느낌을 가지고 계신 것 같아요."

"하하하. 고마워요."

태인의 칭찬이 싫지 않은 듯 그녀는 환한 미소를 보였다. 둘은 그렇게 꼬리에 꼬리를 물고 대화를 이어갔다.

"저는 울산에서 왔어요. 이름은 태인이라고 해요. 아가씨는요?"

"전 정아라고 해요. 25살이에요."

그녀가 먼저 나이를 말해줬다. 싱그러운 미래의 꿈을 꿀 수 있는 아름다운 25살. 태인은 문득 한 여자가 떠올랐다.

태인이 24살 되던 해였다. 일부러 찾아서 한 건 아니었다. 어쩌

해운대 정아

다 보니 유흥업소에서 일을 하게 되었다. 그곳에서 성실하게 일 년을 보내자 삼천만 원의 목돈이 모였다. 그리고 그 자금을 밑천 삼아 룸살롱을 운영하게 되었다. 25살 어린 나이에 특이한 이력 이 만들어졌다. 그 후로 이 사업을 통해 물질적으로 많은 것을 얻었다. 그러나 이 모든 것은 우연이었다. 사실 아무런 계획도, 목표도 없었다.

어느 무더운 여름날이었다. 배우처럼 예쁜 여자가 왔다면서 웨 이터끼리 수군대고 있었다. 태인은 관심 없이 지나쳤다. 자주 있 는 일이었다. 그 여자아이는 다음 날 가게에 나왔다.

"안녕하세요? 정아예요."

태인에게 그 여자아이가 먼저 인사를 건넸다. 웨이터들이 수 군대던 그 아이라고 짐작했다. 맑은 눈빛에 피부가 티 없이 투명 했다. 키는 168쯤 되어 보였고, 매혹적인 목선과 허리 라인, 특별 해 보이는 가슴 사이즈와 날씬한 종아리가 눈에 들어왔다. 그녀 가 입고 있었던 체크무늬 원피스와 금색 하이힐은 잘 어울렸다. 화려한 차림이었지만 어딘지 모르게 순수해 보이는 여자였다. 어 떤 사람이 봐도 눈에 확 띄는 그런 미인이었다. 그날 그렇게, 룸 살롱 사장과 아가씨의 관계로 정아를 처음 만났다.

정아는 남자라면 누구나 반할만한 매력적인 외모를 가졌다. 태 인에게 정아는 성욕을 불러일으키는 욕정의 대상이 아니었다.

그저 가만히 바라만 봐도 사랑스러운 여자였다. 그런 그녀와 가슴 시린 사랑을 오랫동안 나눴다. 몇 년간 서로 찾고 찾으며 숨고 숨었다. 한참 동안 강렬하게 그리워했다. 언제나 사랑이라는 단어를 떠올리면 그녀가 떠올랐다. 아주 오랜 시간이 흘렀는데도 말이다. 해운대에서 만난 그녀의 이름이 정아와 같았다. 태인은 오늘 이 만남이 매우 특별하다고 생각했다.

"태인 씨는 무슨 일을 하는 분이세요? 아니 오빠라고 부를까요?"

정아는 환한 미소를 머금고 장난스럽게 물어봤다.

태인은 질문에 망설이다가 솔직하게 털어놓았다.

"삼 년 전까지 사업을 했어요. 돈을 많이 벌었죠. 아파트도 사고 벤츠도 샀어요. 현금도 수십억을 가지고 있었어요."

"우와. 그래요? 어린 나이에 자수성가하신 분이네요."

"그런데요. 지금은 하나도 없어요. 무슨 일을 하느냐고 물으면 백수가 맞겠네요."

태인은 정아의 질문에 답하면서 왠지 마음이 아팠다. 하지만 아무렇지 않은 듯 말했다.

"아니 왜요? 어쩌다가요?"

정아는 호기심을 보이며 물었다.

"혹시 주식해 봤어요? 주식투자하다가 다 말아먹었어요."

정아는 이야기를 전해 듣고 한동안 바다를 바라봤다. 그녀는 갑자기 아무 말이 없었다.

"후우~"

태인은 한숨을 크게 쉬었다.

"이젠 별 볼일 없는 사람이 되어 버렸어요. 사실 요새 너무 힘들었거든요. 그저께는 정선 민박집에 가서 아주 오래 자려고 수면제까지 먹었어요."

"어머 세상에나. 그런 일이 있었어요?"

"자살 시도를 하려고 한 건 아니었지만 비슷하게 되어 버렸네요."

태인은 담담히 말했다.

"그랬군요. 이야기를 들어보니 남일 같지 않네요."

"왜요? 정아 씨도 주식해 봤어요?"

"저는 주식을 싫어해요. 저희 집은 주식 때문에 쑥대밭이 된 적이 있었거든요. 엄마도 주식투자 때문에 잃었어요."

"아. 그래요? 괜히 미안해요."

태인은 놀랐지만 더 이상 묻지 못했다. 정아의 아픈 곳을 건들고 싶지 않았다.

"혹시《주식투자로 900억을 번 사나이》읽어본 적 있어요?"

"네? 당연하죠. 정아 씨가 그 책을 어떻게 아세요? 그 책은 주식투자자들 사이에서 되게 유명해요. 김 회장의 주식 성공스토리를 엮은 투자 심리서죠. 그건 왜요?"

"사실 그 책을 쓰신 분이 저희 아버지세요."

"네? 뭐라고요? 정아 씨 아버님이 김 회장님이라고요?"

태인은 이야기를 듣고 놀란 나머지 말문이 막혔다.

김 회장은 주식투자로 900억을 벌어들이고 은퇴를 했다고 한다. 주식투자자 사이에서는 신화로 남아 있는 분이었다. 그런 분의 딸이 정아였다니 놀라지 않을 수 없었다.

"정말 놀라운 사실이네요. 그런데 정아 씨는 왜 길거리 공연을 하고 있어요?"

"전 성신여대 경영학과를 다녔어요. 경영에 관심이 있다고 생각해서 공부하려고 했어요. 그런데 갈수록 적성에 맞지 않는 것을 느꼈어요. 전 노래하고 작곡을 하는 게 좋아요."

"음악을 정말 사랑하는군요. 하긴 공연에서 많이 느껴졌답니다. 예술가 기질을 가졌나 보네요."

"아버지 몰래 학교를 중퇴하고 해운대에 무작정 내려왔어요. 옛날 저희 집이 여기서 크게 멀지 않아서 이곳은 친숙해요. 해운대는 버스킹을 하기에 아주 낭만적인 곳이에요."

"그런 사연이 있으셨군요."

해운대 정아

"아버지는 이런 저를 이해해 주셨어요. 하고 싶은 일을 하라고 하셨죠."

"정아 씨 아버지는 멋있으시네요."

"아버지는 정말 이해심이 많은 분이세요."

"그렇군요. 그런데 정아 씨는 어디 살고 있어요?"

"저기 보이는 곳이 제가 사는 집이에요."

정아는 백사장에 앉아 마린시티의 한 아파트를 가리켰다.

"아버지랑 같이 살고 있나 보죠?"

"아니요. 아버지는 간혹 들르세요. 워낙 구름 같은 분이셔서 나그네처럼 사시죠. 전국을 여행하면서 주로 호텔에 머무세요. 그렇지 않을 때는 지리산 부근 산청에 계세요."

"그렇군요."

정아는 부유한 재력을 지닌 집안 딸이었다. 하지만 털털한 행동거지를 보면 그런 느낌이 나지 않았다. 순수하고 맑은 소녀 같았다.

그때였다. 정아는 갑자기 태인의 손을 잡았다. 태인은 연애가 주는 최대 행복은 사랑하는 여자의 손을 처음 쥐는 것이라는 문구가 떠올랐다. 지금은 반대 상황이 펼쳐졌다. 하지만 행복한 상황이었다.

"오빠?"

정아는 태인의 눈을 뚫어지게 바라봤다. 그리고 말을 이었다.

"저희 아버지도 큰 실패를 경험하시고 성공하셨어요. 오빠도 여기서 무너지지 마시고 꼭 일어나세요. 앞으로 응원 많이 할게요."

"네. 정말 고마워요."

서로의 이야기를 털어놓다 보니 둘은 가까워져 가고 있었다. 사랑의 시작점에 서 있는 느낌이 들었다.

"오빠가 왠지 좋아질 거 같아요. 가끔 만나서 이야기 나눠요."

정아는 호감을 먼저 표시했다.

"그런데 정아 씨?"

"네?"

"이 세상에서 정아 씨를 싫어할 남자가 누가 있겠어요?"

태인은 왠지 자신감 없는 태도를 보였다.

"저 역시도 첫눈에 반할 정도로 매력을 느꼈어요. 하지만 저는 정아 씨를 좋아할 자격이 없어요. 저에겐 다 사치예요. 제가 아무것도 해줄 수가 없어요."

태인은 이렇게 말을 했지만 마음은 정아에게 향하고 있었다. 그녀가 아니라고 말해주길 바라고 있었는지 모른다.

"오빠 아니에요. 그냥 이렇게 대화하는 것만으로도 좋은데요?"

"그래요? 저도 정아 씨랑 대화하니 너무 좋아요."

"처음 오빠가 저에게 말을 걸어줄 때 따뜻한 눈빛이 좋았어요.

해운대 정아

그래서 쉽게 마음을 열었나 봐요."

정아는 태인이 원하는 그 대답을 해주었다.

"땅에서 망한 자 땅에서 다시 일어나라는 말이 있어요. 저는 주식투자로 망했어요. 하지만 반드시 주식투자로 다시 일어날 겁니다."

태인은 그렇게 다짐을 했다. 그리고 이어서 말했다.

"시간이 흘러서 제 상황이 풀리게 되면 프러포즈를 할게요. 그때도 만약 정아 씨가 혼자라면 절 꼭 받아주세요."

태인이 진심을 담아 말을 전했다.

"오빠. 우리의 첫 만남은 키스로 시작해도 좋을 거 같네요."

정아는 태인의 마음을 받아주었다.

태인은 정아의 당돌함에 순간 놀랐지만, 그녀를 안고 입술을 포갰다. 정아에게선 향기로운 샴푸 냄새가 올라왔다. 스물다섯의 싱그러운 그녀는 아름다웠다. 왠지 모를 외로움이 보이는 그녀를 한없이 감싸주고 싶었다. 철썩이는 파도소리가 감미롭게 들려왔다.

스승을 만나다

태인에게 이번 여행은 큰 의미가 있었다. 거기서 만났던 민박집 아줌마와 정아는 특별한 인연이었다. 특히 정아를 떠올릴 때마다 주식투자로 꼭 성공하겠다고 마음을 먹었다. 하지만 주식투자는 여전히 어려운 분야였다. 결과물도 쉽게 만들어지지 않았다. 여전히 현실은 앞이 제대로 보이지 않아 어둡고 침침한 날이 이어지고 있었다.

'까톡까톡'

조용히 잠을 자던 핸드폰이 울렸다. 반가운 정아의 메시지였다.

[아버지께 오빠 이야기를 했어요. 이야기를 들으시곤 대화를 나눠보고 싶다고 하셨어요. 한번 오라고 하시네요. 오빠 생각은 어떠세요?]

[네? 제 이야기를요? 알겠어요. 언제든 오케이예요]

[그럼 금요일 오후 3시 아버지한테 한번 가 보실래요?]

[그럴게요. 정아 씨도 같이 갈래요?]

[아니에요. 제가 가면 대화를 나누는 데 불편할 수 있어요]

[그럼 그렇게 해요. 신경 써 줘서 고마워요]

[조금 있다가 주소 찍어 드릴게요]

투자자라면 누구나 김 회장을 만나고 싶어 할 것이다. 태인은 김 회장이 정아의 아버지라는 사실을 알게 되었지만 먼저 만남을 요청할 수는 없었다. 예의에 크게 어긋나는 일이었다. 정아가 보여준 사소하고 따뜻한 배려가 고마웠다. 최근 김 회장에 대해서는 아무런 소식을 들을 수 없었다. 전국을 여행하며 지낸다는 이야기가 떠돌고 있을 뿐이었다.

'까톡까톡'

[경남 산청군 사천면 중산리 187번지]

[해당 주소지로 가시면 집이 한 채 나와요]

[찾아가면 만나실 수 있을 거예요]

두 시간이 지날 무렵 정아의 메시지가 연이어 날아왔다.

[알겠어요. 거듭 고마워요]

태인은 답 메시지를 보냈다. 진심으로 고마운 마음이 들었다.

스승을 만나다

'김 회장은 어떤 사람일까? 만약에 내가 주식을 가르쳐 달라고 하면 실례가 되겠지?

에라 모르겠다. 그냥 뭐든지 솔직하게 말하자.'

태인은 잠자리에 일찍 들었다. 밤새 이런저런 생각이 꼬리를 물었다. 다음 날 새벽같이 눈을 떴다. 김 회장을 만난다는 생각에 한숨도 못 잤다. 곧 나갈 채비를 마치고 주소지로 차를 몰았다. 얼마 지나지 않아 산청군을 안내하는 이정표가 나타났다. 가까운 거리는 아니었지만 금방 도착한 기분이 들었다. 구불구불한 도로를 타고 조금 더 올라갔다. 멀리 혼자 떨어져 있는 집 한 채가 보였다. 통나무로 지어진 고풍스러운 집이었다. 낮은 담장이 둘리어 있었고, 담장 안에는 검은색 벤틀리 세단이 주차되어 있었다. 또 작은 연못이 보였고 넓은 잔디밭이 있었다.

입구에 차를 정차시키고 내리자, 진돗개와 비글이 멍멍 짖기 시작했다. 개들은 오랜만에 사람을 만난 듯 했다. 격하게 환영 인사를 하고 있었다. 그러나 위협적이지 않은 개들의 인사였다. 그때 김 회장으로 보이는 사람이 문을 열고 나왔다.

"자네가 정아가 말한 그 청년이군."
"안녕하세요? 선생님. 처음 뵙겠습니다."

태인은 그렇게 김 회장을 만났다. 우연이었지만 필연적인 만남이었다.

"여기까지 오느라 고생했네. 들어오게."

"네. 감사합니다."

태인은 김 회장을 따라 집 안으로 들어갔다. 현관을 열고 들어가니 걸을 때마다 통통 소리가 나는 나무 바닥이었다. 천정은 매우 높았고 사방은 통유리로 되어 있어 환했다. 지리산의 광활한 풍경이 한눈에 들어왔다. 오십 대 중반의 김 회장은 붉은 니트에 베이지색 면바지를 입고 있었다. 동물적 감각이 살아 흐르는 매서운 눈빛이 느껴졌다. 반면에 전체적으로 온화한 분위기도 풍겼다. 대가의 몸에서 뿜어 나오는 기에 순간적으로 눌렸다.

"여기 앉게. 정아에게 이야기는 들었네."

"네. 선생님."

"주식투자로 재산을 다 잃었다고?"

"어찌하다 보니 그리되었습니다."

태인은 공손하게 두 손을 모으고 앉았다. 물소가죽 소파가 참 푹신했다.

"내가 왜 자네를 보자고 한 것 같은가?"

스승을 만나다

"네? 그건 잘 모르겠습니다. 선생님이 절 보자고 하셔서 그냥 달려왔습니다."

김 회장은 태인의 공손한 태도가 마음에 들었다. 하지만 자신 앞에서 이런 태도를 보이지 않는 사람은 없었다.

"정아는 하나밖에 없는 내 딸일세. 평소 그 아이는 나에게 부탁을 하는 아이가 아니네. 그런데 자네가 주식 때문에 힘들어하니 조언을 해주라고 하더군. 그 아이가 자네를 맘에 들어한 것 같았네."

"그랬었군요."

태인은 아름다운 정아를 떠올렸다. 다시 생각해도 마음이 참 고마웠다.

"그래서 자네를 한번 만나 이야기를 나눠보고 싶었네. 여기까지 오게 해서 미안하네."

"아니 무슨 말씀을요? 이렇게 불러 주셔서 너무 감사합니다."

태인은 최대한 예의를 갖춰 말을 했다.

"자네 눈빛을 보니 불타오르는 열정이 보이는군. 하지만 길을 몰라 답답해하는 그런 감정도 느껴지네. 혹시 나에게 궁금한 게 있으면 허심탄회하게 물어보게."

김 회장은 태인을 배려하며 편하게 해주었다.

"예전에 선생님께서 쓰신 책을 읽은 적이 있습니다. 그때는 지금보다 어려서 써 놓으신 말들을 이해하지 못했습니다. 어제 따님의 연락을 받고 선생님 책을 다시 읽어 보았습니다. 다시 읽어 보니 뭔가 느껴지는 게 있었습니다."

"그래? 무엇이 느껴지던가?"

"주식시장은 누구에게나 공평하게 열려 있지만, 큰 성공을 하는 사람은 하늘에서 정해주는 것 같았습니다. 선생님의 투자법을 배울 기회가 있으면 좋겠습니다. 꼭 배우고 싶습니다."

태인은 또렷하게 자신의 생각을 말했다.

"음. 주식투자를 배우고 싶다고 했나? 내가 주식투자를 가르쳐 주면 평생 먹고살 수 있는 방법을 알게 되네. 물론 자네는 좋겠지. 만약 자네에게 투자를 가르쳐 주게 되면 나는 무엇이 이로울 거 같은가? 내 입장이 되어 말해 보게."

"선생님께 무엇이 이로운지는 잘 모르겠습니다. 다만 선생님의 은혜를 평생 잊지 않겠습니다."

"은혜? 은혜라고 했나?"

김 회장은 말을 듣고 알 수 없는 웃음을 보였다.

태인은 이유를 모르겠다는 표정을 지으며 앉아 있었다.

"지금 말한 대답은 나를 만난 투자자들이 버릇처럼 하는 말일세. 예전에는 사람들과 지혜를 나누고 싶어서 주식을 가르쳐주기도 했었네. 하지만 처음 뱉었던 말을 지키는 이는 한 명도 보지 못했네."

"제 대답이 경솔했습니다."

"아닐세. 혹시 교언영색巧言令色이라는 말을 아는가?"

"아니요. 잘 모르겠습니다."

"말을 그럴듯하게 꾸며대거나 남의 비위를 잘 맞추는 사람치고 진실한 사람이 거의 없다는 뜻이네. 어떤 누군가에게 배울 점이 있다면 상대의 가치를 존중하고 칭찬을 하는 부분은 반드시 필요하네. 하지만 한때의 필요함이 아닌 진정한 진심을 보여줄 때 받아들이는 사람도 느낄 수 있다네."

"잘 알겠습니다."

"단순히 도움이 필요해서 상대를 치켜세운다면 진심이 아니란 말이네. 어려울 때 도와줘도 잘되고 나면 비수를 꽂는 일은 다반사이네. 난 그런 일들을 참 많이 겪었네."

"말씀을 들으니 뭔가 깨달아지는 부분이 생깁니다."

태인은 김 회장이 참 많은 일을 겪은 사람이라고 생각했다.

"하지만 그것이 사람 사는 세상이라고 할 수밖에. 어쩔 수 없는 일이지. 이 세상에 변하지 않는 것은 없네. 하지만 난 사람을 포기하지는 않네. 언제든 깨닫고 처음으로 돌아오면 되는 것이네."

"선생님 말씀에서 휴머니즘이 느껴집니다."

"좋게 봐줘 고맙네. 힌때 정아를 원하는 방향으로 이끌어 보려고 했었네. 하지만 주식투자에 전혀 관심이 없었지. 아직 나이가 어려서 그럴 수도 있고 돈에 집착하지 않는 성격일 수도 있네. 그래서 정아에 대한 내 욕심을 버렸네. 그 아이는 음악을 하는 게 좋다고 하니 자유롭게 내버려 둘 생각이네."

"그렇군요. 따님은 주식을 싫어한다고 했습니다. 그 이유는 모르겠지만요."

"아마도 그렇겠지. 그 아이 마음을 이해하네."

김 회장은 왠지 모를 슬픈 눈빛을 보였다.

"선생님은 뭐든지 이해하시려는 것 같습니다."

"그것보다 언제나 상대의 입장이 되어 본다네. 이런 마음을 가지면 상대에게 바라는 것이 적어지고 화를 낼 일도 크게 줄어들게 되네."

"네. 많이 배웁니다."

"난 돈이 많지만 사실 크게 집착하지는 않네. 주식투자에 대해서 깨닫고 싶었고 노력을 하니 자연스럽게 부(富)가 따라왔네. 물론 행운이 받쳐 주었기 때문에 가능했네."

"그렇군요."

"주식투자에 성공하려면 어떤 마음이 있어야 한다고 생각하는가?"

스승을 만나다

"자세히 생각해 보지 않아서 잘 모르겠습니다. 혹시 인내가 중요하지 않을까요?"

태인은 잠시 생각하다가 대답했다.

"인내? 물론 맞는 말이지. 주식투자를 잘하려면 만족과 절제를 하고 평정심을 유지할 줄 알아야 하네. 하지만 그런 마음들을 처음부터 가질 수는 없네."

"만족, 절제, 평정심. 굉장히 철학적이네요."

"그렇지만 무엇보다 중요한 것은 사람 본연의 선량함이네. 선량함이 있어야 만족도 할 수 있고 절제도 할 수 있네. 이런 마음들은 주식투자뿐만 아니라 모든 삶과 연결되어 있네."

"그런데 사람들은 대부분 선량하지 않나요?"

"내가 말하는 선량함은 단순히 착하다는 의미가 아닐세. 의義를 아는 선량함을 말하네. 어린아이들을 보면 얼마나 착한가? 하지만 아이들은 뭐가 옳은지 그른지 모른다네. 그렇다고 단순히 어른이 되었다고 의를 아는 것은 아니네. 법조인, 정치인, 종교인들을 보게. 얼마나 선량하고 정의롭게 보이는가? 그런데 이들은 성추행이나 각종 비리 사건에 참 많이 연루되곤 하지. 이들역시 그 자리에 앉기 전에는 선량했다 말할 수 있는 사람들이었네. 이들이 과연 선량하지 못해서 그런 것 같은가?"

"맞습니다. 유명인들이 파렴치한으로 전락하는 사례는 너무나 흔합니다."

"아무것도 없던 사람이 무엇을 얻으면 변하기 마련이네. 변하는 것은 할 수 없다지만 할 일과 못 할 일은 구분해야 할 것이 아닌가? 자리가 바뀌고 시간이 지나면 분별력이 떨어진다네. 눈앞에 보이는 이익만 따라가게 되지. 비록 선량하지만 의가 뭔지 알지 못하는 이들이 이렇게 된다네."

"그렇군요."

"주식을 배우는 것도 마찬가지일세. 아무것도 모르던 이가 배우게 되고 경험이 조금 쌓이면 초지의 단계에 접어드네. 그런데 조금 알게 되면 오만해지기 시작하지. 이런 마음을 먹게 되면 또다시 어려움을 겪을 수밖에 없네."

김 회장은 계속 말을 이어나갔다.

"의가 무엇인지 알려면 근본적으로 선량해야 하네. 분별력을 가지려면 올바르게 배워야 하고."

"아~"

태인은 짧은 감탄사를 내뱉었다.

"제대로 알려면 많은 경험이 함께 어우러져야 가능하네. 대부분의 사람들은 공상스러운 선량함을 가지고 있네. 이들은 처지가 달라지면 언제든 의를 져버리곤 한다네. 드높은 도덕적인 마인드를 가지라는 게 아니네. 처음 그 모습을 잃어버리지 않는 사람이 되길 바랄 뿐이네. 하지만 이게 어려운 법이지."

태인은 김 회장이 하는 말을 정확히 이해하지 못했다. 다만 대가의 한마디에는 무게감이 느껴졌다.

"보통 서른 살쯤 되면 삶의 때가 본격적으로 묻기 시작하네. 그리고 마흔 살쯤 되면 때가 굳어져 눈빛에 드러나게 되어 있네. 내가 본 자네는 눈빛이 맑고 총명하네. 그리고 의를 아는 친구 같네. 혹시 내 말이 맞는가?"

김 회장은 태인의 눈을 지긋이 바라봤다.

"제가 그런 사람인지는 잘 모르겠습니다. 다만 지키지도 못하는 약속을 하면서 살아오지는 않았습니다. 선생님께서 제자로 받아 주신다면 평생 아버지처럼 모시면서 살겠습니다."

태인은 김 회장의 눈빛을 피하지 않으며 대답했다.

"자네의 대답이 마음에 드는군. 하지만 내가 뭔가 해줄 것 같은 기대를 하고 있군. 내 말이 틀렸는가?"

김 회장은 호탕하게 웃으며 물었다. 태인은 순간 머뭇거렸다.

"선생님 말씀이 맞습니다. 하지만 이렇게 뵙고 보니 이것만으로도 좋습니다."

태인은 여기까지 불렀으니 도움을 줄 것으로 기대도 했다. 김 회장은 그 마음을 읽었다.

"솔직해서 맘에 드네. 성공은 실패에서 나오는 법이네. 자네는 현재 몇 년긴 실패를 맛보고 있네. 머지않아 지난 경험들이 바탕이 되어 열매를 맺을 것이네."

"정말 그럴까요?"

"주식투자는 매매법을 아는 것보다 수많은 마음의 고통을 느껴 봐야 하네. 추후에 성공을 하더라도 그것을 끝까지 지키고자 한다면 그런 경험이 훨씬 중요하네."

"제가 정말 잘하고 있는 건지 모르겠습니다. 하지만 포기하지 않을 겁니다."

"열정은 높이 사네. 하지만 열정을 발휘한 만큼 당장 결과가 나오지 않으면 수그러들기 마련일세. 주식투자를 오랜 기간 하려면 마라톤보다 긴 호흡으로 가야 하네. 처음 마음먹은 파이팅을 끝까지 유지하기 어려운 법이지. 가는 길에 지치고 포기하고 싶은 여러 날을 마주하게 된다네."

"맞습니다. 제가 지금 그런 것 같습니다."

"언제나 준비를 해야 하네. 대신 오늘의 결과에 흔들리지 말고 무던히 대해야 하네. 그러면 기회를 발견하게 될 것이고 기회를 잡는 눈을 가지게 될 것이네. 투자자들이 방법을 몰라서 주식투자를 못하는 게 아닐세. 다만 방법을 중간에 포기하기 때문에 결국은 실패하는 투자자로 살게 되지."

태인은 고개를 끄덕이고 있었다.

스승을 만나다

"만약 이번에 자네를 받아들이게 되면 내 인생의 마지막 제자가 될 걸세. 기회가 된다면 신중하게 사람을 선택하려고 하네. 내 뜻을 잘 따라 주는 제자를 키워 보고 싶은 마음은 언제나 있었네. 어차피 삶의 끝은 죽음이 아니겠는가?"

김 회장은 속마음을 조용히 밝혔다.

"선생님 입장이 이해가 갑니다. 진정성 있는 말씀이 느껴집니다."

김 회장이 전하는 말 속에는 신뢰감과 중압감이 있었다. 태인은 김 회장이 자신을 받아 주지 않아도 좋았다. 주식투자를 떠나 김 회장과 이번 만남은 큰 의미가 있었다.

김 회장의 과거

지리산이 보이는 김 회장의 저택은 어둠이 빨리 찾아왔다. 집 안에서도 산새 소리가 끊임없이 들렸다. 그리고 잔디밭의 진돗개와 비글은 돌아가며 짖어댔다. 개 짖는 소리가 고요한 산의 정적을 깨고 있었다. 두 사람의 대화는 밤이 늦도록 이어지고 있었다. 하지만 그 시간이 서로에게 전혀 지루하지 않았다.

"맥주 한잔 하겠나?"
"네 선생님. 좋습니다."
"오늘은 밤이 늦었으니 자고 가면 어떻겠나?"
김 회장은 의견을 물어봤다.
"제가 폐를 끼치는 것이 아니라면 그리하겠습니다."
태인은 김 회장의 배려에 흔쾌히 대답했다. 김 회장은 한마디를 하더라도 생각해서 하는 태인의 말투가 마음에 들었다. 태인은 중학교 시절 담임선생님의 가르침을 기억하고 있었다. 그 선생님은 '부모가 하는 말에 무조건 Yes를 해라, No를 하지 마라'라고 했다. 합리적이지 않은 말처럼 느껴져도, 수긍하는 태도를 통해 부모님의 마음을 편하게 해주라는 뜻이었다. 태인은 신뢰가 느껴지는 상대에게는 이런 마음으로 대했다.

"뭐 하나 물어보겠네."

"네 선생님."

"혹시 내 책에서 인상 깊었던 구절이 있었는가?"

"네. 많이 있었습니다. 그중에서 느린 것이 가장 빠르다는 말씀이 기억에 남습니다."

"음. 그렇군."

"그리고 모든 상황을 운명으로 받아들이되 그것을 바꿀 수 있는 힘을 키우라는 문구가 생각납니다."

"사실 책 속의 이야기는 성공 스토리밖에 없네. 내 이야기이지만 별로 좋아하지 않네. 출판사 측에서 내 이야기를 전해 듣고는 내용을 부풀려서 출간을 했었지. 베스트셀러는 그렇게 만들어진다고 하더군. 정작 내가 하고 싶었던 이야기는 많이 없었네."

김 회장은 뜻밖의 이야기를 꺼냈다.

"자네는 주식투자로 돈을 많이 잃고 길이 보이지 않으니 근래에 많이 답답했을 것이네. 또 세상에 혼자 남겨진 것처럼 고독감을 느꼈겠지."

"맞습니다. 솔직히 많이 외롭고 고독했습니다."

"음. 외롭고 고독했다고? 혹시 고독과 외로움의 차이를 아는가?"

"글쎄요. 누군가와 함께하고 싶을 때 느끼는 감정이 고독과 외로움이 아닙니까? 어떤 차이가 있습니까?"

"고독은 마음 한구석에 누군가를 그리워하는 것이네. 외로움은 단지 누군가가 옆에 있는 게 필요한 것이지. 누군가를 그리워하는 것과 필요로 하는 것은 다르네."

"그렇군요."

"고독을 제대로 이해하는 사람은 사람들의 관심이 필요 없네. 오직 한 사람만 있으면 된다네. 의지와 의존의 차이라고도 볼 수가 있지. 이렇게 어두워진 산자락에서 지내다 보면 나 역시 많이 고독해진다네."

김 회장은 심오한 철학자 같은 말을 쏟아냈다.

"그러셨군요. 말씀에 깊이가 느껴집니다. 아무나 쉽게 느낄 수 있는 감정은 아닌 것 같습니다. 그런데 사적인 질문을 하나 해도 되겠습니까?"

"좋네. 물어보게."

"비서니 가사 도우미를 왜 곁에 두지 않으시나요? 산속에서 혼자 계시면 분명 외롭고 무섭기도 할 거 같습니다."

"예전에는 일을 도와주는 분들이 물론 있었네. 하지만 이제는 내가 바쁜 사람도 아니고 집안일을 하는 게 힘들지도 않네. 오히려 집안일을 즐기고 있지."

김 회장은 환하게 웃으며 다시 말을 이어 나갔다.

"어느 날 보니 가정주부가 느끼는 좋은 감정을 알겠더군. 쌓여 있는 설거지나 빨래를 하고 나면 묵은 스트레스가 해소되는 느낌이랄까?"

김 회장은 인자한 미소를 지었다. 그는 모든 일을 즐길 줄 아는 사람이었다.

"그래도 말동무라도 있으면 좋을 텐데요?"

"비서나 가사 도우미는 돈을 받고 일하는 사람이 아닌가? 나와 있으면 무슨 진정성 있는 대화가 되겠나? 그저 내 비위나 맞추고 있을 뿐이지."

"그런가요?"

"난 단지 혼자가 편해서 있는 것이네. 의존이나 의지 따위는 누구에게도 하지 않아. 고독한 게 사실이지만 그것도 인생의 한 부분이지. 고독할 때마다 생각나는 사람은 아내밖에 없네."

김 회장은 자신이 혼자 있는 이유를 설명해 줬다.

김 회장의 과거

"따님에게 얼핏 들었습니다. 주식투자 때문에 엄마를 잃어버렸다고 하더군요. 어떤 일이 있었는지 여쭤 봐도 되겠습니까?"

태인은 조심스럽게 물어보며 김 회장을 살폈다. 김 회장이 살아온 인생사가 궁금해지기 시작했다. 이제 사랑이 시작된 정아의 아버지이기 때문이다. 김 회장은 잠시 말이 없었다. 그리고 조용히 눈을 감았다가 떴다.

"아내와 난 중학교 시절 교회에서 처음 만났었네. 학창시절을 함께 보내면서 우리는 부산대학교에 함께 진학했고 캠퍼스 커플로 제법 유명했었지. 난 당시 가난했지만 반대로 아내 집은 부유했었네. 아내는 집안에 하나밖에 없는 외동딸이었고, 당연히 아내 집안에서는 우리의 결혼을 반대했었지. 그러나 뜻을 굽히지 않고 우리는 서로의 사랑을 지켰네."

김 회장은 잔에 담긴 맥주를 천천히 들이켰다.

"한동안 아내 친정과는 사이가 그리 좋지 않았지. 불편한 관계로 서로를 대하고 있던 추운 겨울이었네. 지금도 선명히 기억나는 게 그날은 겨울비가 내리고 있었어. 하루를 마감하고 잠자리에 들기 직전에 다급한 전화 한 통을 받았네. 장인어른이 심장마비로 갑작스럽게 돌아가셨다는 소식이었지. 아내는 슬픔을 주체하지 못했네. 하지만 뜻하지 않게 50억이나 되는 거액을 상속받게 되었네."

김 회장은 그때 일이 신명하게 떠오르는 듯 보였다.

"난 유산에는 관심이 없었네. 아니 정확하게 말하면 아내를 언제나 믿고 있었지. 유산은 아내가 관리하고 있었어."

"음."

"어느 날이었지. 아내가 힘없이 침대에 누워 며칠을 꼼짝도 하지 않고 있었네. 처음에는 몸이 좋지 않아서 그런가 보다 했어. 하지만 시간이 길어지고 아무 말이 없자 도대체 왜 이러느냐고 아내를 다그쳤네."

김 회장은 과거 일을 하나씩 꺼내며 조용히 말하고 있었다.

"그 당시는 IMF 시절이라 전 국민이 혼란에 빠져 있었던 시기였어. 그 와중에 아내는 장인어른이 거래해 왔던 경북상호신용금고 경주 지점장을 알게 되었지. 빌어먹을 그 인간이 자신의 회사에 투자를 권유했고 아내는 경북상호신용금고에 전 재산을 투자했네."

"그런 일이 있었군요."

"경북상호신용금고는 1998년 4월 3일부터 5월 23일까지 42거래일 동안 하한가를 갔어. 주가는 4,700원에서 200원대로 90%가 넘게 수직 하락을 했네. 지금은 말도 안 되는 일이지. 믿어지는가?"

"뭐라고요? 세상에 그런 경우가 실제로 있었단 말인가요?"

태인은 놀란 표정을 지으며 물었다.

"사실일세. 그때는 주식투자에 대한 이해가 거의 없는 시절이었네. 지금처럼 컴퓨터로 매매하던 시절도 아니었고."

"그랬군요."

"그 당시 경북상호신용금고는 4,800억을 보유했던 대구·경북 지역에서는 가장 규모가 큰 금고였네. 아내는 그저 좋은 회사라고 믿었던 것이지.

"너무 안타깝군요."

"하한가가 이어진 두 달 동안 아내는 불안에 떨었네. 지나고 보니 아내의 표정이 왜 그랬는지 이해가 되더군. 아내는 아버지의 유산을 지키지 못한 죄책감에 심각한 마음의 병을 얻었지."

둘 사이에 잠시 침묵이 이어졌다.

"아내는 어느 날 혼자서 하루만 여행을 다녀오겠다고 했네. 그때는 나도 신경이 날카로워져 있었지. 그러라고 말하고 아내를 따뜻하게 감싸주지 못했어. 그때 아내를 혼자 보내는 것이 아니었는데…"

"아…"

태인은 아무 말을 하지 않고 짧게 탄식했다.

"아내와 함께 자주 산책하러 가던 곳이 있었네. 이름도 없고 높지 않은 산이었지. 그곳엔 아름다운 저수지가 있었어. 아내가 혼자 여행을 떠난 후 답답한 마음에 이침 일찍 그 지수지에 찾아갔었네."

"음."

"혼자 저수지로 올라가던 중이었지. 경찰차와 구급차가 나의 걸음을 앞질러 연이어 올라갔네. 무슨 일인가 싶었지만 천천히 발걸음을 옮겨 걷고 있었어. 저수지에 도착하니 경찰들과 소방대원들이 모여 있었네. 그중 한 명에게 넌지시 물어봤더니 어젯밤 어떤 여자가 뛰어들었다는 신고를 받고 수색 중이라고 하더군. 시간이 조금 흘러 잠수복을 입은 수색대원이 '찾았습니다'라고 외쳤어. 물에 빠진 사람을 건져낸 것이었지. 그 순간 경악을 금치 못했네. 얼핏 보게 된 변사체는 다름 아닌 아내의 얼굴이었네."

"아… 세상에…"

태인은 숨도 쉴 수 없을 만큼 긴장했다. 그리고 김 회장에게 너무 죄송스러웠다. 공연히 질문을 해서 아픈 과거를 꺼내게 한 것 같았다.

"수색대원은 큰 수건으로 아내의 얼굴을 가렸네. 사람들이 달라붙어 들것을 앰뷸런스로 옮겼어. 그 모습을 직접 봤는데도 이상하게 눈물조차 나오지 않았네. 너무 당황해서 현실이 아닌 것 같았지."

김 회장은 적막한 분위기 속에서 조용히 말을 하고 있었다.

김 회장의 과거

"당시 양복을 입고 있던 현장 책임자에게 다가갔어. 그에게 시신이 내 아내 같다고 말을 하고 자세히 확인하게 해 달라고 요청했네. 그는 순간적으로 놀란 표정을 짓더니 시신을 확인하게 해 주었네. 가까이서 본 그 시신은 역시나 아내였어. 그날 입고 나갔던 옷 그대로였고, 아내는 눈을 감고 머리카락이 젖은 채로 창백하게 누워 있었네. 나는 너무 큰 충격으로 말도 나오지 않았지."

태인은 고개를 숙이고 있었다. 아무 말도 하지 못했다. 김 회장의 아픔이 얼마나 컸을지 짐작하고 있었다.

"그때 무심코 주변 사람들을 둘러봤네. 행인들은 자기들끼리 수군거리고 있었지. 재밌는 구경거리가 생긴 것처럼 말일세. 세상의 모든 일은 다 그렇다네. 나에게 아무리 힘든 일이라도 다른 사람에게는 그저 눈요깃거리에 불과하네. 이 세상에서 가장 슬픈 사람이라도 말이야."

태인은 김 회장의 마음이 이해되었다. 또 정아를 생각하니 가슴이 아파왔다.

"경찰서에 가서 조사를 받고 아내의 마지막 가는 길을 지켜 주었네. 비로소 현실이 깨달아지더군. 아내가 그리워 통곡하면서 눈물을 흘렸어. 그 사건은 아주 비극적인 일이었지."

김 회장은 담담하게 지난 일을 이야기하고 있었다.

"그 뒤로 다니던 회사에 사직서를 제출했네. 얼마 동안은 밥이 넘어가질 않아 식음을 전폐하고 한없이 슬픔에만 잠겨 있었지. 아내를 정말 사랑했던 사실을 그때야 깨달았네."

"너무 슬픈 사연이네요."

"아내가 그렇게 세상을 떠난 후 어떤 여자도 만나지 않고 이렇게 살고 있네."

김 회장의 눈에는 처절한 고독이 느껴졌다. 김 회장은 누군가를 그리워하는 마음이 고독이라고 했다. 그 감정을 누구보다 깊이 알고 있는 그였다.

"그래서 결심을 했었지. 이 세상을 살려면 힘이 있어야 하고 힘을 가지려면 알아야 한다고. 아내가 잃어버린 돈을 되찾아 오고 주식시장에 복수를 하고 싶었어. 그 후 주식을 공부해 보려고 노력했지만 허사였네. 무모한 도전 같았지."

"선생님도 한때는 그런 적이 있으셨군요."

"자네는 내가 어떻게 큰돈을 벌었는지 아는가?"

김 회장은 한동안 조용히 듣고 있던 태인에게 질문을 던졌다.

"책에서 읽은 내용은 있지만 구체적인 사실은 궁금합니다. 알려 주실 수 있습니까?"

"솔직히 말하겠네. 처음에 돈을 번 것은 단순히 운이었네. 마치 복권 당첨이나 마찬가지였어. 아마도 아내가 하늘에서 내려 준 선물이었겠지."

김 회장의 과거

"네? 그저 운이라고요?"

"믿지 못하더라도 사실이네. 아내가 떠난 후 모든 재산을 정리해 보니 3억이라는 돈이 남더군. 50억이 넘는 돈이 3억이 되었으니 그 심정이야 이루 말할 수 없겠지. 그래도 이 돈이라도 있는게 어디인가? 분명히 이 금액도 거액인데 말일세."

"3억은 지금도 큰돈인데 말입니다."

"아내도 그렇게 생각했더라면 가지 않았겠지."

김 회장은 씁쓸한 표정을 보였다.

"그때가 1999년 1월쯤이었네. 몹시 추운 겨울이었고 사회 분위기도 활기가 없던 시절이었어. 나는 남아 있는 돈을 전부 끌어모아 대구백화점에 투자했네. 지금 생각해 보면 참 무모했었지."

"전부를요? 대구백화점에요?"

"사실 나 역시도 그때는 투자가 뭔지도 몰랐네. 예전에 대구에 갔다가 백화점에 가 본 경험이 있었지. 대구 사람들은 그곳을 대백이라고 부르더군."

"그렇군요. 저도 몇 년 전에 근처를 지나가 본 적이 있었습니다."

"대구 사람들은 약속하면 다들 대백 앞에서 만나던 시절이었네. 그저 번화가에 있는 백화점이라 망하지 않을 거 같아서 투자를 했었어. 솔직히 말하면 자포자기하는 심정이었지."

"대구백화점은 지금도 상장되어 있지 않나요?

"코스피에 아직 싱징되어 있네. 띵 부자 기업이지."

"그래서 투자가 어떻게 되었습니까?"

태인은 궁금한 표정을 지으며 김 회장에게 물어봤다.

"그렇게 투자를 해놓고 지금 살고 있는 여기로 왔네. 당시 머물던 곳은 허름하고 작은 집이었지. 이곳으로 오고 나서 매일 지리산을 등반하며 마음을 달래며 보내고 있었네."

"그러셨군요."

"그해 무더웠던 8월 초였네. 산청읍에 볼일이 있어 내려갔다가 증권사 지점에 전화를 걸어 내 주식이 어떻게 되고 있느냐고 물어봤지. 담당 증권사 직원은 흥분을 감추지 못하고 나에게 연신 축하한다는 말을 했었네."

"아니 왜요?"

"대구백화점은 그해 7월부터 8월까지 31번이나 역사적인 상한가가 나왔네. 사실 나도 믿어지지 않았지."

"우와. 세상에나. 정말 대단하네요."

태인은 눈을 동그랗게 뜨고 놀란 표정을 짓고 있었다.

"이 세상에는 믿어지지 않는 이야기가 정말 많지. 하지만 그것이 세상이야. 소설 속의 내용도 현실인 경우가 많다네."

"그렇군요."

"하지만 이건 비정상이라는 판단이 순간 들었지. 상한가가 25

번쯤 나왔을 때였네. 매도를 하려고 하니 증권사 직원은 만류하더군. 더 올라갈 거라면서. 나는 그 직원을 뿌리치고 매도를 하고 수익을 확정 지었네. 엄청난 금액이 계좌에 들어와 있더군. 사실 난 아무것도 한 것이 없는데 말이지."

김 회장은 이런 이야기를 처음 했다. 이제야 밝혀지는 김 회장의 비하인드 스토리였다.

"선생님 정말 대단하시네요. 그런 일의 실제 주인공을 뵙다니 놀랍습니다."

"증권사 직원의 말대로 내가 매도하고 나서도 주식은 더 올라갔었지. 그러나 얼마 지나지 않아 대구백화점은 곧 폭락했네. 내 판단이 맞았던 것이지. 그런데 말일세. 비슷한 일이 머지않아 또 벌어졌네."

"이번에는 어떤 일인가요?"

태인은 호기심 가득한 눈빛으로 물어봤다.

"사실 대구백화점 투자가 성공해서 다시는 주식을 하지 않으려고 했었네. 그러던 1999년 연말이었지. 우연히 동특이라는 회사를 알게 되었는데 좀 알아보니 망할 것 같지는 않았어. 단지 그 이유 하나만 보고 전 재산을 다시 투자했네. 이 세상에 나처럼 미련한 놈이 또 있을까 모르겠군."

"우와. 또 전 재산을요? 그래서 이번엔 어떻게 되었나요?"

"동특이 2000년 1월부터 3월까지 싱한가가 총 40방이 나왔네. 그 회사는 지금 리드코프로 이름이 바뀌어 상장되어 있지."

"헉. 상한가가 40방이요?"

"두 번의 큰 행운이 찾아오고 나니 재산이 기하급수적으로 불어나 있더군."

"옛날에는 시장이 정말 판타스틱 했군요."

"만약 투자가 단 한 번만이라도 실패했다면 나도 이 세상 사람은 아닐 테지. 그 당시는 대부분의 투자자가 뭐가 뭔지도 몰랐네. 무식하고 용감한 사람이 돈을 버는 장이었어."

"네 그렇군요. 지나고 보니 아찔하기도 합니다."

"참으로 말도 안 되는 시장 분위기였네. 뭐든 사기만 하면 상한가가 3방씩은 기본으로 나올 때였어. 그때를 추억하는 투자자라면 요즘 장세는 힘도 없고 재미도 없을 테지."

김 회장은 지난 일을 회상했다.

"당시 주식으로 돈을 번 신흥 부자들이 많이 탄생했었네. 하지만 그런 이슈들은 얼마 가지 못하고 소멸하였지. 그들은 수익을 지키지 못하고 다시 나락으로 떨어졌어. 그러나 나는 단지 수익을 지킨 것뿐이네. 그 이유가 오늘날 삶을 이렇게 바꿔 놓았지. 뭐든 지나치면 탈이 나는 법일세."

"정말 놀랍습니다."

"돌아보면 아내가 하늘에서 도와준 것이라고 믿네. 나 혼자서는 그런 운을 만들 수 없었겠지."

"선생님 정말 대단합니다."

태인은 김 회장이 쏟아내는 이야기에 입을 다물지 못했다. 감탄사만 연발하고 있었다.

"그렇게 수익을 거두고 나니 어떻게 알았는지 언론에 소문이 났어. 날 투자의 고수로 소개하며 한동안 떠들썩했었지. 하지만 그런 시선이 너무나 부담스러웠네."

"어째서 말입니까?"

"어찌 부담스럽지 않을 수 있겠는가? 주식투자에 성공한 것은 맞지만 내가 한 것은 아무것도 없네. 난 그것이 실력이 아닌 것을 알고 있었어. 정말 운이 좋아서 그렇게 되었을 뿐이지."

"그렇군요."

태인은 김 회장의 말에 조용히 고개를 끄덕이며 공감을 표시했다. 하지만 존경스러운 눈빛만은 거두지 않고 있었다.

"그때부터 주식투자를 본격적으로 공부했지. 나 스스로 부끄러웠던 게야. 마침 HTS가 보급되면서 주식공부를 하기에 좋은 환경이 만들어졌네. 그 뒤로 매일 책을 읽고 주식을 분석했어. 사실 말하기 창피하지만 깨우치는 과정에서 상장폐지도 겪었네. 다만 자산 대비 소액이었기 때문에 타격이 거의 없었을 뿐이네."

"김 회장님도 상장폐지를 겪으셨군요. 지도 겪어 뵈서 그 심정을 이해합니다."

"그런가? 우리는 동병상련同病相憐의 동지 의식이 있군."

둘은 서로 마주 보며 미소를 지었다.

"몇 년간 공부를 한 결과물은 2007년 상승장과 2008년 금융위기에서 나왔네. 이제 돈은 있을 만큼 있어. 그런데 나에겐 돈이 많이 필요하지도 않네. 머지않아 전 재산을 기부할 생각이야. 산속에서 조용히 사는 은퇴자에게 무슨 돈이 필요하겠는가?"

"기부요? 그런 큰 뜻이 있으셨군요."

태인은 김 회장이 처음과 끝을 정확하게 이해하고 있다고 생각했다. 만약 세상에 진리가 있다면 그것을 깨달은 사람 같았다. 끝이 없는 곳에서 끝을 깨닫고 그 어두운 터널 속을 헤쳐 나온 사람으로 보였다. 가슴 아픈 이야기가 있다면 꺼내 놓을 때 치유가 되는 법이다. 김 회장은 지난 이야기를 회상하며 오히려 태인에게 위로를 받았는지도 모른다. 김 회장과 태인은 서로 좋은 친구가 될 것 같았다. 밖에는 고요한 어둠이 짙게 깔려 있었다.

스트레스 테스트

　　　　　다음 날 아침 더없이 맑은 공기가 집 안에 가득 찼다. 태인은 그날 밤 김 회장의 집에서 숙면을 취했다. 잠자리가 오랜만에 달콤했다. 덕분에 좋은 꿈을 꾸었다. 김 회장은 태인이 늦잠을 잘 수 있도록 일부러 깨우지 않았다. 그리고 손수 식사를 준비했다. 태인과 김 회장은 식탁에 마주 앉았다. 김치찌개와 가지볶음, 깻잎, 두부 구이가 있는 건강한 밥상이었다.

　"난 육식을 즐기지 않네. 밥상이 소박하지만 많이 들게."
　"육식을 하지 않으신다니 의외네요. 부자들은 고기를 많이 드시던데."
　"아무리 부자라도 고기 안 먹는 사람도 있다네. 특별할 게 뭐 있겠나?"
　김 회장은 미소를 보였다. 김 회장이 육식을 하지 않는다는 사실은 특이했다.

"네. 맛있게 잘 먹겠습니다."

태인은 식사를 마친 후 식탁을 치웠고 설거지를 맡아 했다. 김 회장은 진돗개와 비글에게 밥을 챙겨 주고, 먹는 모습을 흐뭇하게 바라보고 있었다. 날씨가 매우 화창했다. 김 회장은 태인을 정원으로 불러냈다.

"어제 잠은 잘 잤는가? 일단 여기 앉게."

"네. 오랜만에 아주 잘 잤습니다."

"다행이군. 하나 물어보겠네."

"말씀하십시오."

"나에게 정말로 주식을 배우고 싶은가?"

"네 선생님. 가르쳐 주신다면 진실한 제자가 되고 싶습니다."

태인은 진심을 담아 말을 전했다.

"만약 주식투자를 배우고 싶다면 내가 제안하는 내용을 통과해야 하네. 할 수 있겠는가?"

"어떤 것이라도 하겠습니다."

태인은 호기 있게 대답했다.

"선량하고 지혜로운 사람이 내 제자가 되길 원하네. 하지만 인상이 아무리 맘에 들어도 사람에 대해 쉽게 판단을 내리지는 않네. 사람을 확실하게 분별할 때는 세 가지를 함께 봐야 하지. 혹시 무엇인지 아는가?"

"잘 모르겠습니다."

"첫 번째는 관상. 두 번째는 말투, 세 번째는 필력일세. 이 중하나라도 놓치게 되면 그 사람을 정확히 알 수가 없네."

"사람을 볼 때는 그런 점을 눈여겨봐야 하는군요."

김 회장은 태인이 마음에 들었다. 하지만 그는 신중한 사람이었다. 쉽게 허락하지 않았다.

"일 년 동안 자네를 알 시간이 필요하네. 그리 길지 않겠지만때에 따라서 길 수도 있어. 이 시간을 보낼 수 있겠는가?"

"선생님 말씀에 무조건 따르겠습니다."

"시원시원하군. 제자가 되길 원한다면 당분간 여기서 머물도록하게. 머물면서 내가 내주는 과제를 해야 하네. 보수는 먹여 주고 재워 주는 것일세. 괜찮겠는가?"

"먹여 주고 재워 주시는 게 가장 큰 거 아닙니까? 어떤 것이라도 좋습니다."

태인은 제안을 받고 망설임 없이 대답했다.

"앞으로 자네의 숨겨진 사람 됨됨이를 관찰하겠네. 다만 어떤상황에서도 자네의 모습대로 행동하고 말하게. 가식적인 표현이나 행동은 내가 바로 느낄 수밖에 없이."

"알겠습니다."

"가식을 보여 주느니 진심을 보이고 차라리 비난을 받게. 그게 서로를 위한 길이네."

"그렇게 하겠습니다."

"자네를 정식 제자로 받아들이면 큰일을 맡길 것이야. 그러나 중간에 어렵다는 판단이 들면 그 길로 돌아가야 하네."

"받아들이겠습니다."

태인은 김 회장이 무엇을 맡길지 몹시 궁금했다. 그것에 대해 알기 위해서라도 김 회장의 제자가 꼭 되기로 결심했다.

"그럼 지금부터 내 말을 잘 듣게. 먼저 자네의 계좌로 1억을 입금해 주겠네."

"네? 1억을 말입니까?"

"그렇다네. 해당 예수금을 가지고 두 가지 경우를 선택해서 하면 되네. 첫 번째는 일 년 후 원금을 보존할 자신이 있으면 주식을 거래하게. 그러나 일 년이 되는 시점에 원금을 지키지 못하면 투자법 전수는 없네. 그 외에 원금을 제외한 수익금은 자네가 가져도 좋아. 두 번째는 단 한 번의 주식 거래도 하지 말고 지켜만 보는 것일세. 이 경우를 택할 때는 일 년 동안 절대 주식을 거래해서는 안 되네. 단 한 번이라도. 알겠는가?"

스트레스 테스트

"알겠습니다."

태인은 속으로 탄식했다. 김 회장의 제안은 쉬우면서도 정말 쉽지 않을 것 같았다. 사실 김 회장은 태인이 두 번째 경우를 선택해 주길 원했다. 그는 아무것도 하지 않고 시장을 바라보는 것, 그것이 얼마나 어려운 일이라는 것을 알고 있었다.

"처음 6개월은 주식 시세와 뉴스 창을 열어 놓고 봐야 하네. 장이 열리는 시간에 시세와 뉴스를 매일 보고 주식 거래는 말한 대로 선택해서 하게."

"네 선생님."

"그다음 6개월은 주식 시세와 뉴스를 보면서 증권 방송을 같이 들어야 하네. 꼭 증권 전문가의 방송을 청취해야 하네. 방송을 보고 투자를 배우라는 것이 아닐세. 방송을 듣고 미사여구美辭麗句를 동원하여 유혹하는 추천 종목을 분별해야 하네. 이 경우에도 매수하든지 아니면 지켜보든지 방향을 선택해서 하게."

"알겠습니다."

"사람들은 누구나 부유해지는 것을 원하지. 부를 싫어하는 사람은 이 세상에 없어. 하지만 부의 욕망을 통제하는 것은 아무나 할 수 없네."

"그렇군요."

"아마 생각보다 쉽지 않은 과정이 될 걸세. 어떤가? 할 수 있겠는가?"

"네. 해 보겠습니다."

"주식을 일 년간 거래하지 않는 것에 대해 막연히 기다리면 된다고 생각하겠지. 그 시간을 보내다 보면 지루함과 조급함이 동시에 찾아오게 될 것이야. 주식을 꾸준히 거래하던 이가 현금을 가지고만 있되 매수하지 않는 것은 절대 쉽지 않네."

"그렇군요. 일단 해봐야 알 것 같습니다."

"그리고 장이 끝나면 매일 지리산을 등반하게. 정상까지 가지 않아도 괜찮네. 나무와 풀을 보고 계곡에 흐르는 물을 느껴 보게. 또 산새들이 지저귀는 맑은 새소리를 듣고 바람을 맞아 보게."

"그렇게 하겠습니다."

"자연을 사랑할 줄 알아야 사람도 사랑할 수 있고 본인도 사랑할 수 있지. 이 시간 동안 사랑하는 마음을 많이 키워 보게. 사랑하는 마음을 깨달아야 주식투자도 깨달을 수 있네."

김 회장의 제안은 범상치 않았다. 사실 그의 모든 말과 행동에는 숨겨진 뜻이 있었다.

"위대한 자연은 마음을 정화시켜 주고 치유해 준다네. 아마 그동안의 상처가 많이 아물게 될 걸세."

"네. 말씀대로 하겠습니다."

"저녁에는 한 권 정도 독서를 하고 소감문을 써서 제출하게.

스트레스 테스트

다만 독서량이나 소감문의 형식에 대한 횟수 제한은 없네.”

“알겠습니다.”

“또 하루 두 번의 식사를 준비하고 일주일에 한 번은 음식 재료를 사도록 하게. 음식 재료는 필요한 대로 얼마든지 제공해 주겠네. 자네도 여기에 맞춰서 식사를 하게. 그리고 집안일은 틈나는 대로 맡아 주게. 하고 싶은 대로 하고. 여기에 대한 간섭은 전혀 안 할 테니.”

“네 선생님.”

태인은 어떤 토도 달지 않았다. 김 회장의 말에 무조건 응했다. 분명 이유가 있을 것으로 생각했다. 그의 말이라면 뭐든지 따를 준비가 되어 있었다. 정아의 아버지이자 스승님이었기 때문이다.

“자네가 올바르게 배울 수 있는 마음을 가졌는지 확인하고 싶네. 하지만 중간에 흔들림은 생길 수 있어. 포기하고 싶다면 언제든 돌아가게.”

“아닙니다. 절대 그럴 일은 없습니다.”

“단정 짓지 말고 모든 상황은 편하게 열어 놓게. 뭐든지 억지로 하게 되면 탈이 난다네.”

“알겠습니다.”

“이런 과정을 잘 보내고 나면 주식투자뿐만 아니라 삶도 잘 살

수 있지. 투자와 인생은 큰 맥락에서 비슷하네. 투자의 세계를 통제할 수 있다면 삶도 어긋나는 법이 없어. 사람들이 이 사실을 모르는 것은 본인들이 길을 가보지 않았기 때문이네."

"그렇군요."

"95%의 투자자들이 손실을 보는 곳이 주식시장일세. 이곳은 투자법에 대한 연마와 더불어 마음을 함께 가꾸지 않으면 반드시 무너지게 되어 있네. 주식투자는 혼자 하는 것이야. 언제나 외로운 시간이지. 그 외로움은 돈을 아무리 많이 벌어도 채워질 수 없어. 돈이 주는 즐거움은 한순간이네. 그 즐거움은 어느 날 멈추기 마련이지."

"네 선생님."

"돈만 좇아 살다 보면 어느 날 허무해지는 것이네. 돈을 벌기 위해 주식투자를 하지만 가치를 꼭 거기 둬선 안 되네. 알겠는가?"

"말씀 새겨 놓겠습니다."

"앞으로 일 년의 시간은 자네에게 큰 도움이 될 걸세. 성실하게 잘 따라와 주길 바라네."

"네. 최선을 다해보겠습니다."

"지금부터 일주일 후 시작하겠네. 그동안 돌아가서 마음의 준비를 하고 다시 돌아오게."

·
스트레스 테스트
·

"알겠습니다. 말씀대로 하겠습니다."

태인은 일주일 후 김 회장의 집을 다시 찾았다. 김 회장을 다시 만난 후 허리를 굽혀 공손히 인사를 했다. 김 회장은 태인이 머물 방을 안내해 줬다. 3대의 모니터가 갖추어져 있었고, 전망이 좋은 넓은 방이었다. 김 회장은 약속대로 1억을 입금해 주었다.

"오늘부터 시작하지."
"네 선생님."
"여기 보이는 3대의 모니터 중 왼쪽은 상하한가 종목 시세, 가운데는 실시간 뉴스, 오른쪽은 신고가와 신저가 시세가 보일 것이네."
"알겠습니다."
"주식투자를 몇 년간 하던 사람이 눈앞의 먹이를 놓고 아무것도 하지 않는 것은 힘들 것이네. 부디 주식시장의 유혹을 잘 참아주게."
"명심하겠습니다."

태인은 방 안에 혼자 남겨졌다. 오늘부터 스트레스 테스트가 시작된 것이다. 살짝 긴장되었지만, 이 공간이 왠지 편안했다.

태인은 김 회장이 말한 제안 중에 두 번째 제안을 받아들이기로 했다. 유혹을 잘 참아 달라고 한 말이 뇌리에 스쳤다. 분명 두 번째 제안에 깊은 뜻이 있다고 생각했다.

태인은 모니터에 시선을 고정하고 바라보고 있었다. 모니터 화면의 종목 시세는 끊임없이 뒤바뀌었다. 뉴스들은 실시간으로 빠르게 올라왔다가 지나쳤다. 주식시장은 한순간도 쉬지 않고 뉴스를 계속 생산했다. 고개를 돌려가며 3대의 모니터에서 눈을 떼지 않았다. 눈에 띄는 종목이 많이 보였다. 자기도 모르게 마우스에 손을 올렸다가 내려놓았다. 매수의 유혹을 잘 참고 있었다. 그렇게 하루가 흘렀다. 그리고 그 하루가 모여 한 달이 지났다.

태인은 김 회장의 제안대로 약속을 지켜가고 있었다. 시세와 뉴스를 보는 것이 무슨 의미가 있는지 아직 몰랐다. 매일 뉴스를 실시간으로 확인하다 보니 정치, 경제, 사회 분야의 소식을 대부분 파악하게 되었다. 대한민국에 이렇게 사건·사고가 잦았는지 새삼스럽게 느끼는 시간이었다. 뉴스를 읽으며 사회 분위기를 살펴보는 것이 재밌기도 했다. 때로는 좋은 뉴스를 보고 마우스에 손이 자꾸 올라갔다. 그리고 한숨을 토해내며 다시 내려놓았다. 그런 일들이 수십 번 반복되고 있었다.

김 회장의 제안대로 장이 열리는 시간에는 시세와 뉴스를 봐야 했다. 다른 일을 할 수는 없었다. 지금까지는 문제없이 과제를 수행하고 있었다. 그러나 주식 시세를 들여다보고 아무것도 하지 않은 날이 반복될수록 허탈함이 밀려왔다. 무엇보다도 힘든 것은 지루함이었다.

태인은 주식시장이 끝나면 지리산 주변을 올랐다. 산이 주는 고요함과 신선함은 참으로 위대했다. 밤이 되면 독서를 했고, 다음 날 소감문을 제출했다. 책을 읽으면 읽을수록 많은 생각을 하게 되었다. 자연을 가까이하고 책을 읽는 시간은 정말 좋았다. 그러다 보니 마음의 여유도 많이 생겼다.

또 김 회장의 식사를 정성스럽게 차려 냈다. 친절한 레시피의 도움을 받으며 요리를 이토록 많이 해본 건 처음이었다. 된장찌개, 김치찌개, 미역국, 무생채, 어묵볶음, 멸치볶음, 감자조림, 계란찜 등을 어설픈 솜씨지만 제법 맛나게 만들었다. 김 회장은 그동안 일절 말이 없었다. 정원에서 햇빛을 받으며 조용히 책을 읽거나 비글과 진돗개를 데리고 산책을 했다.

그렇게 석 달이 흘렀다.

"자네 처음에 왔을 때보다 많이 건강해 보이는군. 요즘 기분이 어떤가?"

"건강도 좋아졌고 기분도 좋습니다."

"애로 사항은 혹시 없나?"

"다 좋습니다. 다만 주식 시세만 보고 있으려니 조금 지루한 게 사실입니다."

태인은 가식 없이 솔직하게 말했다.

"그렇겠지. 그게 솔직한 대답일 걸세. 주식을 거래하는 것은 아직 유효하니 남은 시간도 잘 판단해 주길 바라네."

"네 선생님. 알겠습니다."

그동안 싱그러운 봄이 지났다. 무더운 여름이 서서히 다가오고 있었다. 매미들의 울음소리가 들리기 시작했다. 다행히 스트레스 테스트는 문제없이 해 나가고 있었다. 이제는 집안일도 익숙하게 잘해 나갔다. 또 산에 가는 것과 책을 읽는 것도 어느새 습관으로 자리 잡았다. 오히려 하지 않으면 허전할 듯했다. 태인은 성실하게 시간을 보냈다.

6개월이 지난 시점부터는 증권 방송을 시청했다. 적막함 속에서 고요하게 시세만 바라보다가, 증권 전문가의 이야기를 들으니 재미도 있었다. 하지만 그런 마음은 오래가지 않았다. 증권 전문가의 달콤한 유혹을 참아 내는 것이 점점 힘들어졌다. 듣고 있으면 빠져들게 되는 묘한 매력을 지닌 사람들이었다.

스트레스 테스트

"여러분. 이 회사의 주가는 현재 1,370원입니다. 미국의 애플 사에서 이 회사를 인수·합병하겠다는 공시를 한 달 뒤에 낼 것입니다. 공시가 나오면 바로 상한가 가고 인생을 바꿀 수 있습니다. 대출도 최대한 받아서 꽉 차게 사놓으세요. 내일부터 매집 들어갑니다. 종목을 알고 싶은 분은 제 유료회원이 되시면 공개 해드리겠습니다. 오늘 단 하루만 한 달 회비 100만 원에서 30% 할인된 금액 70만 원에 가입하실 수 있습니다. 저 믿고 한 달만 해보세요. 크게 웃게 해드리겠습니다. 선착순 30명만 받고 마감 하겠습니다."

해당 주식 전문가는 신나게 떠들어대고 있었다. 그 말이 사실인지 아닌지는 확인할 수가 없었다. 전문가의 말을 듣고 있으면 그 종목을 알고 싶은 충동이 들었다. 그들은 허황된 부의 욕심을 교묘히 파고들었다. 그러나 그 멘트들은 회원 가입을 위한 미끼일 뿐, 사실 신빙성은 전혀 없었다. 마치 저잣거리의 약장수나 홈쇼핑의 쇼 호스트 같았다.

태인은 그동안 마우스에 손을 올렸다가 내려놓는 일을 수없이 반복했다. 주식을 매수하지 않고 가만히 지켜보는 것이 이렇게 힘들 줄은 몰랐다. 매일 주식을 매수할지에 대해 몇 번이나 망설이며 생각하다가 다시 마음을 돌렸다.

그렇게 벌써 일 년이 지났다.

태인은 언제나 평온한 이곳의 분위기가 좋았다. 어느새 김 회장과 약속된 시간은 지났고 며칠이 더 흘렀다. 김 회장은 아무런 반응이 없었다. 요즘 들어 집무실에 들어가면 한동안 나오지 않았다. 태인은 그런 김 회장을 보채지 않고 묵묵히 기다렸다. 그날 밤 저녁을 먹기 위해 김 회장과 마주 앉았다. 이제는 식사를 제법 빠르고 맛있게 차려 내었다. 굴 미역국과 도라지 무침이 먹음직스러웠다.

"이보게 태인 군."

김 회장은 태인의 이름을 한 번도 부른 적이 없었다. 오늘따라 묘한 분위기였다.

"지난 일 년 동안 고생 많았네. 그동안 내 제안을 성실히 이행했더군."

"네. 하지만 고생이라고 생각하지 않습니다."

"짜릿한 주식 시세를 보면서도 현금을 지켰고. 쏟아지는 뉴스와 증권 전문가의 약을 파는 언행에도 넘어가지 않고…"

태인은 사뭇 긴장하며 김 회장을 바라봤다.

"혹시 독서를 왜 매일 하라고 했는지 알겠는가?"

"스스로 마음을 다스리고 배우라는 뜻으로 생각했습니다."

"그동안 독서 소감문을 331건을 제출했더군. 내가 권해 주었던 논어, 한비자, 맹자, 채근담, 손자병법, 바보경, 인내경을 비롯한 많은 책을 다 읽었더군."

"네. 저는 과거에 책을 읽지 않았습니다. 따라서 모르고 살았던 것들이 지금에 와서 느껴집니다. 생각이 많이 깊어진 것 같고 위로도 많이 받았습니다. 책을 읽을 수 있는 계기를 만들어 주셔서 정말 고맙습니다."

"나도 마찬가지였네. 세상을 등지고 살면서 독서를 통해 큰 위로를 받았지. 나에게 조언해 주고 친구가 되어 준 건 오로지 책이었네."

김 회장은 단순하면서 분명한 사실을 말해 주었다. 다시 말을 이어 나갔다.

"비가 많이 오는 날에도 산책은 빼놓지 않았고. 집안일도 잘했네. 지금 내가 한 말이 다 맞는가?"

"독서 소감문이 그렇게 많았는지는 몰랐습니다. 산책은 차분히 마음을 정화시켜 주는 해방구였습니다. 산책을 통해 마음의 여유를 많이 찾게 되었습니다."

"그랬을 것이네. 내가 그러했으니 자네라고 다르겠는가?"

"집안일은 처음에 많이 어색했습니다. 저에게 익숙한 일이 아니있기 때문입니다. 하지만 혼자 요리를 하고 치워 보면서 보이지 않았던 부분들을 많이 느꼈습니다."

"그럼 왜 집안일과 산책을 매일 하라고 했는지 이제 알겠는가?

"아니요. 정확히는 모르겠습니다."

"자네는 지난 몇 년간 건강을 돌보지 않았네. 무절제한 생활을 했지. 그리고 돈을 좇아가며 살고 있었어. 당연히 건강은 나빠졌고 스트레스는 따라왔겠지."

"맞습니다."

"우리의 삶은 스트레스를 피할 수 없어. 하지만 건강하기 위해서는 스트레스를 해소해야 하네. 그것이 쌓이면 병이 된다네. 산책은 스트레스를 해결할 수 있는 아주 좋은 방법일세."

"저도 그 부분에 대해서는 많이 느꼈습니다."

"평소에 건강하려면 좋은 영양을 섭취하고 규칙적인 생활을 해야 하네. 그럴 때 건강을 지킬 수 있어. 동의하는가?"

"동의합니다."

"건강이 없으면 아무것도 할 수 없네. 이 단순한 사실을 잊지 말게. 아무도 자네를 돌봐 주지 않아. 그 누구에게도 기대하지 말게. 스스로 건강관리를 잘할 수 있을 때 비로소 남도 도울 수 있네."

"네 선생님. 명심하겠습니다."

스트레스 테스트

"이렇게 스스로 관리를 할 수 있어야 사랑 또한 지킬 수 있네. 어떻게 생각하는가?"

"맞는 말씀입니다."

"운동과 요리를 하게 되면 자연스럽게 건강관리를 할 수 있네. 그리고 사색思索은 차분히 생각할 수 있는 시간을 갖는 일이지. 그것을 통해 여유를 찾고 정신을 올바르게 가꿀 수 있어. 이런 습관들이 주식투자를 잘할 수 있는 밑거름이 된다네."

"그렇군요. 알겠습니다."

"그러나 어찌 주식투자뿐이겠는가? 삶에도 큰 밑거름이 되지. 이제 내 뜻을 이해하겠는가?"

김 회장은 온화하게 바라보며 말했다.

"말씀대로 하려고 노력을 했지만 어려운 점도 있었습니다. 시세만 보면서 주식을 매수하지 않는 것은 생각보다 정말 힘들었습니다. 조용한 방 안에서 외로웠고 지루함도 많이 느껴졌습니다. 무엇이라도 해야 하는 게 아닌가 하는 조급함도 많았습니다. 처음에는 아무것도 아니라고 생각했지만 그런 유혹을 절제하는 것은 보통 일이 아닌 것을 느꼈습니다."

"그렇군. 자네에게 이런 경험은 큰 재산이 되어 줄 것이네."

"이곳에서 선생님과 보내는 생활은 다 좋았습니다. 이런 기회를 주셔서 감사할 뿐입니다."

테인은 자신의 생각을 밝혔다.

"미국의 워런 버핏을 알고 있을 것이네. 그분은 이런 말을 한 적이 있어. 인생에서 가장 힘들었던 순간은 삼 년간 현금을 들고 아무것도 하지 않았던 시기라고 말일세. 난 이 말의 뜻을 이해하네. 자네는 어떤가?"

"저도 이제는 조금 이해가 갈 것 같습니다."

"투자자들은 눈앞의 현금이 있으면 종목을 사지 못해 안달이 나네. 뭐라도 하나 채워 놔야 안심이 되는 모양일세. 다른 사람들은 수익이 나는데 자신만 소외된다 생각하겠지. 하지만 그런 마음은 빨리 뭔가를 이루고 싶은 욕망과 조급증 때문이지, 더도 덜도 아니네.

"네 선생님."

"주식시장에서 소외되는 감정은 뗄 수 없어. 자네는 인간의 감정 중 가장 어려운 절제와 인내를 배운 것이지. 이를 통해 평정심을 유지하는 법을 깨우쳤을 것이네. 또 다른 감정도 많이 느꼈을 거라 생각되네."

김 회장은 말을 계속해서 말을 이어 나갔다.

"자네는 젊은 시절에 성공을 맛보았어. 그 나이에 물질적으로 이룰 수 있는 것은 다 이뤄 본 인생이 아닌가? 반면에 그것을 다 날리고 좌절도 맛보았지. 삼십 대의 나이에 이렇게 극단적인 경험을 하면 인생이 어떻게 갈리는 줄 아는가?”

“잘 모르겠습니다.”

“첫 번째는 실패를 발판삼아 지혜롭고 현명한 사람으로 성장하는 경우네. 두 번째는 그대로 좌절하여 더는 재기하지 못하는 경우지. 자네는 아마 전자에 해당하는 훌륭한 사람이 될 거라고 믿네.”

“아닙니다. 아직 많이 부족합니다.”

“태인 군?”

“네 선생님.”

“앞으로 내가 전수해 주는 투자법을 잘 익혀서 좋은 삶을 살아가게.”

김 회장은 인자하게 웃으며 따뜻하게 말을 전했다.

“뭐라고요? 이제 저를 제자로 받아 주시는 겁니까?”

태인은 잘못 들은 것이 아닌지 되묻고 있었다.

“무슨 소리를 하고 있는가? 이 집에 들어온 순간부터 제자로 받아 준 것일세. 처음 본 자네의 눈빛을 기억하네. 선량하고 맑은 눈빛이었고 예의가 바르고 꾸밈이 없어 보였지. 설사 테스트에 실패한다고 해도 다른 이유를 들어 기회를 줄 생각이었네.”

“좋게 봐 주시니 뭐라고 해야 할지 모르겠습니다.”

“자네는 테스트를 성실히 이행했어. 오히려 내가 더 고맙게 생긱하네. 일 년 동인 집인일을 하고 시세만 보는 것은 절대 쉬운 일이 아니야. 선량함, 성실함, 열정… 이런 마음들이 있어야 가능한 일이지. 나에게 미래를 투자했으니 그 믿음에 보답해 주겠네."

"선생님 정말 고맙습니다. 고맙습니다."

"위대한 투자자로 꼭 성공하게 될 것이네. 내가 장담하지."

김 회장은 따뜻하게 격려하며 축복해 주었다. 태인은 감격해서 연신 고마움을 표했다. 최악의 상황에 부닥쳤을 때도 눈물은 사치라고 생각했다. 하지만 지금 이 순간, 눈물이 흘렀다. 자신을 이렇게까지 믿어 준 스승에 대한 고마움이었다. 김 회장의 과제는 절제력과 인내를 극대화하여 평정심을 만들어 내는 테스트였다. 또 삶에 있어 가장 중요한 건강관리를 할 수 있도록 이끌어 주었다. 평소에 건강해야 뭐든지 할 수 있기 때문이다. 이 단순한 사실을 많은 사람들이 놓치고 산다. 이런 마음과 생활습관을 온전히 유지할 때, 비로소 주식투자도 잘할 수 있는 것이다. 태인은 지금 이 순간 한 여자가 떠올랐다. 스승을 만나게 해 준 정아였다.

스트레스 테스트

종가 배팅법

기분 좋은 하루가 시작되었다. 태인은 김 회장에게 머리를 숙여 인사를 했다. 김 회장은 태인의 어깨를 두 번 두드리고 자상한 미소를 보였다.

"오늘 날씨가 좋군. 산책이나 가세."
"네 스승님."
어느새 호칭이 스승님으로 바뀌었다. 둘은 나란히 걸으며 자연을 즐겼다. 맑은 공기와 싱그러운 햇살이 유난히 좋았다.

"혹시 주식투자와 주식매매의 차이점을 아는가?"
김 회장은 의견을 물었다.
"보유하는 시간의 차이가 아니겠습니까?"
"설명해 주겠네."

"네 스승님."

태인은 공손한 태도로 대답했다.

"주식투자는 기업의 가치를 분석한 후 투자를 하고 결실을 보는 것. 즉 기업과 성장을 함께한다고 생각하면 되네. 뿌리를 내리고 열매를 맺으려면 반드시 시간은 필요하지. 반면 주식매매는 당장 수익이 날 것 같은 종목을 선별해야 하네."

"알겠습니다."

"투자와 매매의 다른 점은 먼저 어디에 포인트를 두고 매수할지 봐야 하네."

"이 말씀의 뜻은 잘 모르겠습니다."

"투자와 매매는 미묘한 차이가 있네. 아마도 차차 인식하게 될 것이네. 매매하려는 사람은 재무제표 분석에 시간을 크게 할애할 필요는 없네. 하지만 짧게라도 분석은 해야 하네. 너무 부실한 회사를 거래하면 중간에 거래정지 맞고 상장폐지로 연결될 수도 있네."

"그렇군요."

"사람들은 투자보다 매매에 치우치는 경향이 있어. 똑같은 10%의 수익이라도 빨리 나는 게 낫지 않겠는가? 그러나 빠른 것만 좇다 보면 함정에 걸리게 되어 있네. 주식매매는 투자보다 더 위험한 영역이지."

"알겠습니다."

"주식을 매수하려면 차트, 재무제표, 뉴스, 수급을 분석할 줄 알아야 하네. 그러나 이런 분석을 가지고 결과를 만들려면 직관이 필요하지. 이것들이 조화가 잘 되어야 성공적인 투자를 할 수 있네."

태인은 고개를 끄덕였다.

"투자와 매매 중에 어느 쪽을 더 배워 보고 싶은가?"

"둘 다 배우고 싶습니다. 스승님께서 판단을 내려 주시는 대로 따르겠습니다."

태인은 잠시 망설이다가 소신껏 말했다.

"현명한 대답이군. 혹시 '머털도사'라는 만화를 본 적이 있는가?"

"네. 어렸을 적에 봤습니다."

"머털이는 누덕도사 밑에서 십 년 동안 허드렛일을 했네. 그리고 자신에게 도술을 가르쳐 주지 않은 스승을 원망했어. 하지만 스스로 도술을 할 수 있는 사실을 모르고 있다가 뒤늦게 알게 되지."

"맞습니다. 저도 그렇게 본 기억이 납니다."

"자네는 이미 주식투자를 할 수 있는 사람이 되었네. 아직 실전에 적용하지 않아서 모르고 있을 뿐이야. 주식투자는 아무리 좋은 투자법도 소용없네. 정도를 걸어야 하고 엉덩이가 무거워야 하지. 좋은 기업을 바닥에서 매수하고 인내를 가져야 해. 그것이 단순한 이치네."

"네 스승님. 알겠습니다."

태인은 속으로 깜짝 놀랐다. 김 회장은 일 년 동안 시세와 뉴스를 보게 했다. 또 독서와 산책을 주문했다. 그 시간은 투자법을 바르게 배울 수 있도록 마음을 길러 준 것이었다.

다음 날 김 회장은 집무실로 태인을 불렀다. 태인은 일 년을 이 집에 머물렀지만 들어가 보지 못한 곳이었다. 문을 열고 들어가니 기다란 책상 위에 모니터 몇 대가 놓여 있었다. 베이지색의 푹신해 보이는 고급의자가 보였고, 책장 속에는 책이 가득했다. 바닥에 펼쳐진 붉은색 카펫은 인상적이었다. 그 외에 넓은 공간이 굉장히 심플했다. 김 회장은 태인을 옆으로 오라고 손짓했다.

"오늘부터 투자법을 전수해 주겠네."

"네 스승님."

태인은 기대되었다. 드디어 이 시간이 온 것이다.

"실전에 적용되는 주식투자를 배우려면 가장 기본이 되는 것을 알아야하네. 그것은 재무제표 분석법과 기본 매매법이네. 이

것이 바탕이 되어야 차트의 많은 부분을 응용할 수 있고 좀 더 섬세하고 정확하게 분석을 할 수 있어."

"그렇군요."

"실전 투자법을 전수받게 되면 자신감이 크게 생길 것이야. 하지만 늘 경계하고 조심해야 하네. 주식시장은 상황이 순식간에 바뀌지. 아는 것 같아도 다 알았다 생각지 말게. 배운 대로 반복해서 투자법을 연마하도록 하게."

김 회장은 태인이 차후에 갖게 될 마음까지 읽었다.

"그렇게 하겠습니다."

"투자와 매매를 하려면 반드시 재무제표를 봐야 하네. 하지만 이 분석에 크게 공들일 필요는 없어. 큰 흐름을 보는 요령이 중요하지. 그 방법을 알면 눈치로 종목을 식별할 수 있네."

"사실 재무제표는 봐도 잘 모르겠습니다. 무엇을 봐야 합니까?"

"이 부분에 대해서는 많은 투자자가 왠지 어렵게 생각하는 경향이 있네. 아무리 완벽하고 훌륭하게 자료를 분석한다고 해도 그것만으로 주가가 상승하는 건 아니야. 그저 참고 자료로 활용해서 정말 중요한 지표 몇 가지만 확인하면 된다네."

"그렇군요. 어떤 점에 무게를 두고 보면 될까요?"

"여기를 보게. 먼저 무슨 사업을 하는 기업인지, 주주의 구성은 어떻게 되어 있는지, 회사의 자본금과 매출액, 영업 이익은 증가하는지 혹은 감소하는지를 봐야 하네. 또 자산 가치 대비 주가는 얼마인지, 배당을 지속으로 하는지를 살펴보고, 마지막으로 유보율과 부채 비율을 반드시 확인해야 하네."

김 회장은 모니터 화면에 보이는 HTS를 놓고 마우스로 짚어 가며 설명해 주고 있었다.

"유보율과 부채 비율은 회사의 안정성을 보여 주는 중요한 지표지. 이런 방법으로 쓱 훑어보는 데 걸리는 시간은 단 일 분이면 충분하네."

"알겠습니다."

"이것을 '재무제표 일 분 분석법'이라고 이름을 붙였네."

"재무제표를 이렇게 간단하게 분석할 수 있다니 놀랍습니다."

"이 방법은 투자 분석 중 가장 기초가 된다네. 매일 차트와 종목을 돌려 보면서 숙지하게. 지금은 어려워도 나중에는 스피드가 붙을 것이네."

"네 스승님."

"재무제표를 확인한 후 관리 종목이나 부채가 크게 증가한 기업은 피하는 게 좋네. 이런 기업들이 턴어라운드Turnaround가 되면 주가는 크게 상승하겠지만 만약 잘못짚으면 큰 피해를 각오해야 하네. 짧은 손절매를 잡고 들어갈 수도 있겠지만 굳이 이런 쪽에 베팅을 할 이유가 없네. 종목은 차고 넘치니 말이야.”

“저도 많이 당했습니다. 부실기업 주식을 매수하면 왠지 불안했습니다. 그렇다 보니 하락할 때 손절매를 하게 되더군요. 그런데 손절매도 꼭 손실 금액이 커질 때 했습니다. 그래서 피해를 많이 봤습니다. 앞으로는 더 주의해서 하겠습니다.”

“재무제표가 우량하다고 주가가 상승하는 것도 아니고 나쁘다고 하락하는 것도 아니네. 하지만 최악의 상황을 피하려면 주식을 분석할 때 반드시 선행되어야 하네.”

“네. 배운 대로 익혀 보겠습니다.”

“다음은 기본 매매법이네. 그전에 주식시장에서 잊지 말아야 할 문구를 알려주겠네.”

“어떤 문구입니까?”

“simple is best.”

“음. 단순한 것이 최고다…”

“앞으로 언제나 이렇게 생각하는 습관을 갖도록 하게. 주식이나 삶에 있어 큰 도움이 될 것이네.”

“네. 가슴에 새겨 놓고 명심하겠습니다.”

태인은 김 회장을 존경했다. 그 무엇보다 철학가다운 면모가 좋았다.

“기본 매매법을 하려면 화면에 보이는 잡다한 것들을 다 지워

비리게. 차트의 구성은 캔들, 이동 평균선, 기래랑 이것만 남겨 놓으면 되네. 쓸데없는 보조 지표는 절대 넣지 말게. 알겠는가?"

"네 스승님."

"이동 평균선은 너무 세분화하지 말고 5일, 10일, 20일, 60일, 120일선만 지정해 놓게."

"알겠습니다. 그리하겠습니다."

"가치 투자자는 차트 분석을 소홀하게 여기는 경우가 많네. 반면 트레이더들은 재무제표를 소홀하게 여기는 경우가 많지. 하지만 현대의 주식시장에서는 반드시 두 가지를 같이 해야 하네. 특히 차트 분석을 할 줄 알아야 주가가 고점인지 저점인지 확인할 수 있고 매수할 타이밍을 볼 수 있어."

"그렇군요."

"자. 여기를 보게. 기본 매매법은 먼저 매수하고 싶은 종목을 선택하고 마우스를 이동 평균선에 갖다 대면 가격을 친절하게 알려 주지. 그럼 자신이 정한 매수 가격을 넣고 해당 가격에 도달하면 매수를 하는 방법이네."

"그렇군요. 아주 간단한 매매법이군요."

"가격을 주면 사고 안 주면 사지 않는다 생각하게. 단순한 게 최고라는 사실을 잊지 말게."

"네. 여기서도 적용이 되는군요."

"아마 어디에서도 다 해당이 될 걸세. 기본 매매법에서 공격적으로 하려면 5일이나 10일선에서 매수하게. 그리고 여유 있게 하려면 20일, 60일, 120일선에 맞춰서 매수하면 되네."

"네. 차트에서 이것만 설정해서 하면 쉬울 것 같습니다."

"보기엔 쉽지만 기본 매매법도 적응하려면 시간이 필요하네. 특히 차트에서는 이동 평균선을 지키는 척하다가 한 방에 부숴 버리는 형태가 많이 발생하네. 그러니 너무 공식처럼 투자하면 안 되네."

"알겠습니다."

"언제나 변동성이 있는 상황을 열어 놓고 해야 하네."

"네 스승님. 명심하겠습니다."

김 회장은 오랜 시간 동안 종목을 돌려 가며 설명해 줬다. 태인은 몇 년간 재무제표도, 기본 매매법도 모르고 투자를 했다. 당연히 손실이 발생하면 더 불안할 수밖에 없었다. 그러나 이런 상황에 해당되는 투자자들은 많았다. 태인은 오늘 배운 내용을 잘 분석한다면 좋은 기업을 선별할 수 있을 것 같았다. 벌써 어둠이 찾아왔다. 그렇게 정신없는 하루가 지나갔다.

다음 날 다시 김 회장과 태인은 마주했다.

"오늘은 누구에게도 가르쳐 주지 않았던 핵심 기술을 전수해 주겠네. 이 매매법을 연마하면 앞으로 돈 걱정은 하지 않고 살 수 있어. 매매법을 전수받고 나면 하라는 대로만 하게. 그렇지 않으면 지금 알게 된 매매법으로 큰 어려움을 겪을 수 있네. 무슨 말인지 알겠는가?"

김 회장은 매매법 전수에 앞서 주의를 시켰다. 그는 언제나 신중했다.

"네 스승님."

태인은 한편으로 떨렸다. 앞으로 무슨 일이 일어날지 기대가 되었다.

"이 매매법의 이름은 시장에서도 많이 알려진 종가 베팅일세. 종가 베팅을 통해 주식을 게임처럼 하는 방법을 가르쳐 주겠네."

"종가 베팅이요?"

"그렇다네. 사실 이 매매법은 여러 가지의 형태로 투자자들에게 많이 공유되고 있어. 하지만 나는 내 방식으로 종가 베팅을 구체적으로 체계화시켜 놓았네. 가장 높은 확률을 만들 수 있는 매수 자리를 알게 되었지."

"음."

"종가 베팅은 장이 끝나는 시간에 맞춰 매수하는 것이네. 매수 가격을 끝까지 확인하고 진입하기 때문에 당일 예측에 소모되는 불필요한 에너지를 아낄 수 있지."

김 회장은 자신만의 종가 베팅에 대해 말하고 있었다. 처음 공개하는 것이었다.

"이 매매법은 종가에 주식을 매수하고, 다음 날 시가에 수익실현을 노리는 방법일세. 당일 일당을 만들어 한 달 월급을 만드는 마술 같은 비법이네."

"그렇군요. 정말 단순하고 합리적인 매매법 같습니다."

"맞네. 하지만 그 안에서 생각해야 할 것이 많네. 그걸 보는 능력을 키우려면 아주 오랜 시간을 갈고 다듬어야 하네."

"알겠습니다."

"다음 날 주가의 시세를 정확히 예측하는 것은 불가능하지. 하지만 종가와 시가는 최소한의 범위에서 예측할 수 있어. 상승과 하락만 놓고 보면 되네. 즉 홀이냐 짝이냐는 아주 단순한 게임으로 보면 되는 것이지."

"그렇군요. 마치 카지노 같습니다. 정말 주식을 게임처럼 할 수 있는 방법이군요."

"카지노? 그럴 수도 있지. 하지만 도박은 분석해도 결국은 운에 기댈 수밖에 없어. 그러나 종가 베팅은 분석을 통해 스스로 운을 만들 수 있다는 점이 다르네. 이 매매법은 훈련을 통해 발전이 가능하네. 그리고 그것이 결과로 나올 수가 있지."

"음. 그렇군요."

"종가 베팅은 자리가 만들어질 때까지 차분히 기다려야 하네. 전날 특정 종목을 미리 찍어 놓거나 아니면 장중에 이슈가 발생한 종목을 노려야 하네. 그리고 생각한 자리라고 판단되면 종가에 베팅을 해야 하지. 흔히 말하는 상한가 따라잡기처럼 사람을 피곤하게 하는 매매법이 아니네. 하루 종일 주식시장을 보지 않아도 되니 여유 있게 시장을 대할 수 있네. 자네가 했던 훈련이 아마 여기서 빛을 보게 될 걸세."

"알겠습니다. 말씀 명심하겠습니다."

"주식을 종가에 매수하고 나면 그다음 날 시가를 확인하겠지. 상승 출발하면 수익이 발생할 테니 매도하여 수익을 확정 지으면 그뿐이야. 하지만 수익을 확정 짓고 나서도 종목이 급등하는 경우가 많이 나오네. 반대로 수익실현을 한 후 급락하는 경우도 많지. 이 게임의 원칙만 잊지 말게. 일당을 벌어 한 달 월급을 만드는 것이니 그 날에 만족하고 절제하도록 하게."

"네. 들을수록 뭔가 전율이 옵니다."

"종목을 고를 때는 시장 상황에 따라 대형주를 만질 수도 있고 코스닥의 탄력 있는 소형주를 만질 수도 있네."

"네. 그렇지만 종목 선정은 어려울 것 같습니다."

"아마도 그럴 것이야. 여기에 대한 숙제는 평생 해 나가야 하는 것이네. 나라고 다르지 않아. 수많은 종목을 보고 딱 한 개를 찍어야 하는 어려운 게임이네. 하지만 매매법의 방식대로 한다면 한편으로 쉬운 게임이지."

김 회장은 매매법에 대한 설명을 이어 나갔다. 태인은 온몸의 신경을 집중해서 주의 깊게 듣고 있었다.

"종가 베팅을 잘하기 위해서는 차트를 잘 분석해야 하네. 먼저 앞에 언급한 차트 설정 방식으로 세팅을 하게. 그리고 종목을 볼 때 많이 하락하면 사는 것이고 많이 올랐으면 파는 것이야. 이 간단한 이치를 늘 염두에 두게."

"네 스승님."

"많이 상승해도 이동 평균선을 타고 더 오르는 종목도 많네. 반대로 많이 하락해서 바닥이라고 생각했지만 더 내려가는 종목도 많지. 그래서 언제나 주의해야 하네. 단 한 번의 큰 실수를 절대 조심하게."

김 회장은 혼신을 담아 매매법을 알려 주고 있었다.

"종가 베팅은 매수하고 싶은 종목을 선별하고 장 마감 10초를 남겨 놓고 주문하게. 이때는 매수 가격을 조금 높게 주문하는 것이 좋네."

"왜 매수 가격을 높게 주문해야 합니까?"

"이왕 사기로 했으면 사야 할 것이 아닌가? 만약 가격을 낮게 주문하면 호가가 조정되면서 체결이 되지 않을 수도 있어. 이차피 큰 물량이 누르기 때문에 자네가 호가를 올려서 매수되는 경우는 크게 없네. 그러나 거래량이 현저히 적은 종목은 자네를 통해 호가가 조정될 수도 있네. 이 점도 주의하게."

"알겠습니다."

"종가 베팅은 양봉과 음봉일 때 하는 법이 각각 다르네. 그리고 거래량이 폭발적으로 증가할 때와 거래량이 현저하게 감소할 때 하는 법이 있지."

김 회장은 이 부분에서 많은 시간을 할애하여 설명해 줬다.

"아~"

태인은 연신 감탄사만 내뱉으며 놀라고 있었다.

"어떻게 좀 이해가 되는가?"

"네. 처음 보는 차트의 숨은 비밀에 너무 놀랍습니다. 정말 대단합니다."

태인은 끝까지 긴장을 풀 수 없었다. 김 회장의 한마디가 계속 궁금했다.

"차트는 세력이 돈을 가지고 그림을 그리는 것일세. 사람의 성격이 다 다르듯이 세력도 그림 그리는 스타일이 각자 다를 수밖에 없네. 그래서 매매법은 한쪽 방향대로 무조건 맞다고 생각하면 되지 않아. 상황에 맞게 매매법을 달리해야 할 때가 있는 법이네."

"음. 그렇군요."

"종가 베팅은 보유한 자금에 따라 종목 선택도 달라져야 하네. 기관이나 외국인처럼 금액이 큰 매수 주체는 호가가 두꺼운 대형주나 거래량이 폭발한 종목을 만져야 하네. 반면 적은 금액을 운용하는 사람은 그 범위가 훨씬 넓다네. 자네는 큰 투자자가 될 사람이니 거래량이 어느 정도 받쳐 주는 종목으로 선정하게."

"그렇게 하겠습니다."

"수익이 발생하면 수익실현을 하는 건 누구나 할 수 있네. 가장 어려운 것은 손실 관리를 어떻게 하느냐의 문제지. 앞서 내 책에서 봤겠지만 나는 손절이 없는 주식투자를 해 왔네. 하지만 종가 베팅은 경우에 따라서 손절도 고려해야 하네."

"알겠습니다."

"자네는 현재 날 신뢰하고 있기 때문에 해당 매매법을 배우면 환상을 가질 수 있네. 그러나 실전에 들어가면 반드시 흔들리게 되지. 이 세상에 백전백승은 없어. 실패할 때에는 겸허하게 받아들여야 하네. 자네는 독서와 산책을 오랜 시간 했으니 마음을 추스르는 데 문제가 없을 것이야."

김 회장은 가장 중요한 위험 관리에 대해서 언급을 하고 있

있다.

"보통 종가 베팅의 확률은 약 70% 정도로 보네. 물론 시장 환경에 따라 달라지지. 평균적으로 10개를 매수하면 7개 정도는 상승이고 3개 정도는 하락 출발한다고 보면 큰 문제가 없네. 하락 출발하는 종목을 어떻게 다루느냐에 따라 한 달 수익금 차이가 나게 되네."

"그럼 하락할 때는 어떻게 하는 것이 좋겠습니까?"

"거기에 대한 대응 방법을 알려 주겠네."

"네 스승님."

"만약 시가가 하락 출발할 때는 잠시 기다리면 한 번 정도 상승 타이밍을 볼 수 있는 경우가 많네. 그럴 때 손실 폭을 최대로 줄여 손절을 하게. 아니면 수익이 전환될 타이밍을 캐치해서 나오면 되네. 이 부분을 다듬는 데에 가장 오랜 시간이 필요하다네."

"잘 알겠습니다. 그렇게 하겠습니다."

태인은 연신 혼이 빠지는 기분이었다. 김 회장이 전수해 준 종가 베팅은 게임처럼 주식매매를 하는 것이었다. 이런 매매법이 있다니 놀라지 않을 수가 없었다. 김 회장은 그렇게 며칠 동안 모든 투자법을 전수해 주었다. 스승은 제자를 신뢰했고 제자는 스승을 존경했다.

일당 100만 원에
도전하다

토요일 밤이었다. 태인은 끓는 물에 멸치와 다시마를 우려낸 후, 깨끗이 씻어 놓은 콩나물을 넣었다. 그리고 다진 마늘을 풀고 고추를 썰어 넣었다. 마지막으로 두부를 한 모 넣고 시원한 콩나물국을 끓였다. 또 고등어와 갈치를 한 토막씩 굽고, 식초와 고춧가루를 넣어 무생채를 무쳤다. 김 회장은 평소 육식을 잘 하지 않았다. 하지만 생선은 즐겼다. 태인은 김 회장을 위해 정성스럽게 저녁 식사를 준비했다. 둘은 맛있는 식사를 나누고 따뜻한 결명자차를 마시고 있었다. 유난히 별이 쏟아지는 날이었다.

"이보게. 난 자네에게 매매법을 다 전수해 주었네."
김 회장은 조용한 어투로 진지하게 말했다.
"네 스승님. 앞으로 잘 연마하도록 하겠습니다."

"당분간 몇 개월은 내 조언이 필요하겠지. 하지만 적응을 끝내고 시간이 흐르면 도움은 필요 없을 것이네."

"아닙니다. 더 많이 가르침을 주십시오."

"그렇지만 내 도움이 필요 없다고 해서 태도가 달라지면 안 되네."

김 회장은 웃어 보이며 농담처럼 말했다.

"당연한 말씀입니다."

태인은 씩씩하게 대답했다.

"자네는 참 성실했고 내 기대에 부응해 줬네."

"스승님께서 잘 가르쳐 주셔서 많이 배웠습니다."

"내일부터는 원래 집으로 돌아가서 지내도록 하게."

김 회장은 갑작스럽게 하산을 권했다. 하지만 이미 정해져 있던 일이었다.

"벌써 말입니까? 여기 남아서 스승님을 모시면 안 되겠습니까?"

태인은 순간 당황했다. 진심으로 김 회장 옆을 지키고 싶었다.

"아기 새가 자라면 둥지를 떠나는 법이네. 그것이 자연의 이치 아니겠는가?"

"스승님과 헤어져야 한다니 정말 아쉽습니다."

"나도 자네와의 시간이 많이 생각날 테지."

"저도 그렇습니다. 그래도 혼자 계시면 외롭지 않으시겠습니까?"

"괜찮네. 난 더 이상 하고 싶은 것도 갖고 싶은 것도 없네. 좋은 집, 좋은 차, 돈도 다 가져 봤고. 지금 이 나이에 뭘 더 갖고 싶겠는가? 그저 산과 바다를 다니며 사색이나 즐기도록 하겠네."

"알겠습니다. 스승님 말씀을 따르겠습니다."

"자네처럼 훌륭한 제자를 만날 수 있어서 참 좋았네."

"저도 영광이었습니다."

김 회장과 태인은 둘만이 알 수 있는 대화를 나눴다. 진한 동질감을 느끼고 있었다.

"자네 계좌에 넣어 준 1억은 투자 자금으로 활용하게. 당장 반환하지 않아도 괜찮네. 대신 돈을 벌면 꼭 갚아야 하네. 다만 갚는 기한은 따로 정해 두지 않겠네."

김 회장은 이렇게 말하며 미소를 보였다.

"아닙니다. 돈은 그대로 드리고 가겠습니다. 제가 어찌 이걸 받겠습니까?"

"이보게. 내가 하는 말을 잘 듣게."

"네 스승님."

"나에게 그 정도 여유는 충분하지 않겠는가? 다만 돈을 더 빌려주지 않는 이유는 1억이면 충분하기 때문이야. 1억을 가지고 하루에 1% 수익을 내면 백만 원 정도 이익이 나네. 일당 100만 원은 꽤 큰 금액이네. 생활하는 데는 아무 문제가 없을 것이네."

김 회장은 가는 날까지 제자를 배려하고 있었다. 사실 김 회장은 그 돈을 받을 생각이 전혀 없었다. 그동안 자신을 믿고 따라 준 제자에게 고마움을 표시하고 싶었다. 하지만 태인에게 열심히 할 수 있는 명분을 줘야 했다. 그는 계속 말을 이어 나갔다.

"주식시장이 열리는 날은 한 달에 약 20일 정도일세. 돌아가면 종가 베팅으로 주식을 거래하면서 일당 100만 원에 도전해 보게. 어떤 날은 5%도 상승할 테고 어떤 날은 3%도 하락하겠지. 일당 100만 원에 도전하는 것이지만 하루에 500만 원을 벌 수도 있고 반대로 300만 원을 잃기도 할 걸세. 수익이 나는 금액은 별도로 관리하고 종가 베팅은 항상 1억의 금액으로 한정 지어서 하게. 가르쳐 준 대로 하면 최소 월 2,000만 원의 수입은 나올 것이네."

"말씀하신 대로 하겠습니다."

"월 2,000만 원 정도 수입을 꾸준히 만들려면 종가 베팅 외에 다른 매매는 하지 말게. 종가 베팅이 잘되든 되지 않든 간에 그날의 운에 맡기고 받아들여야 하네. 반드시 당일 수입에 만족하고 실패한 날에는 스트레스 관리를 잘해야 하네."

"네 스승님. 알겠습니다."

일당 100만 원에 도전하다

"절대 성공했다고 들뜨지 말고 실패했다고 기죽지 말게. 언제나 의연한 태도로 시장을 대해야 하네. 알겠는가?"

김 회장은 계획을 세워 수익을 관리하는 요령을 알려 주었다.

"끝까지 이렇게 배려해 주셔서 고맙습니다. 이 은혜는 평생 갚아도 모자랄 겁니다."

스승과 제자는 그렇게 마지막 날을 보냈다.

월요일이었다. 태인이 김 회장의 집을 나온 후 독립한 첫째 날이었다. 태인은 예전과는 다르게 많은 준비가 되어 있었다. 과연 어떤 결과가 나올지 자신도 많이 궁금했다. 김 회장의 기대에 부응하고 싶었다. 또 지난 시간을 보상받고 싶었다. 앞으로 펼쳐질 날들을 생각하며 주먹을 불끈 쥐었다.

태인은 종목들을 이리저리 찾아보고 있었다. 실시간으로 뉴스가 올라왔고 급등과 급락하는 종목이 이어지고 있었다. 주식시장이 열리는 동안은 언제나 이슈가 많았다. 그렇게 시장을 살펴보던 중 한 종목이 눈에 들어왔다. 최근에 거래량이 크게 터지면서 상한가 한방이 나온 후, 5 거래일 동안 음봉이 만들어진 홍구석유였다. 뉴스를 검색해 보니 아무런 특이 사항이 없었다. 거래량이 줄고 있었지만 종가 베팅으로 1억을 하기엔 문제가 없어 보였다. 재무제표를 배운 대로 빠르게 분석해봤다. 자산 가치가 우량하고 안정성이 있는 기업이었다.

'오늘 이렇게 마무리가 되면 종가 베팅이다.'

태인은 그렇게 첫 번째 종목으로 홍구석유를 골랐다.

"장 마감 10분 전입니다."

스피커에서 친절하게 안내 메시지가 흘러나왔다.

홍구석유는 예상한 대로 마무리할 듯 보였다. 태인은 모니터에서 눈을 떼지 못한 채 기다리고 있었다.

"장 마감 10초 전입니다."

다시 스피커에서 안내 메시지가 나왔다. 홍구석유를 3,150원에 31,000주 매수 주문을 넣었다. 긴장했는지 살짝 손이 떨렸다.

"장이 종료되었습니다."

"매수되었습니다."

연이어 안내 메시지가 올라왔다. 그렇게 첫 번째 종가 베팅을 했다. 곧 컴퓨터를 끄고 밖으로 나갔다. 산책하고 식사를 하면서도 내일의 결과가 어떻게 될지 너무 궁금했다. 다음 날이 되자 알람이 울리기도 전에 눈을 떴다. 먼저 컴퓨터를 켜고 홈트레이딩 시스템에 로그인했다. 장이 열리려면 50분이 남아 있었다. 스트레칭을 하고 세수를 했다. 아직 15분이 남았다. 태인은 그때부터 모니터에 눈을 고정했다. 호가가 시시각각 변하고 있었다. 장 시작 1분 전, 홍구석유의 호가 창이 서서히 올라가고 있었다. 태인은 시가가 상승하면 바로 던지려고 준비하고 있었다.

"장 시작 10초 전입니다."

스피커를 통해 메시지가 흘렀다. 태인은 가슴이 뛰었다. 차분히 가격과 수량을 입력했다.

"장이 시작되었습니다."

"매도되었습니다."

두 개의 안내 메시지가 동시에 흘러나왔다. 주식 장이 시작되자 바로 승부가 갈렸다. 어제 종가에 매수한 흥구석유는 시가가 7.8% 상승 출발했다. 시가에 매도하여 수익을 확정 지었다. 하지만 흥구석유는 더 폭발력 있게 상승해 버렸다. 태인은 이를 지켜보며 한편으로 아쉬웠지만 오늘 성과에 만족하고 있었다. 종가 베팅을 시작한 첫째 날, 700만 원이 넘는 수익을 올렸다.

'스승님은 성공했다고 들뜨지 말라고 하셨지?'

태인은 성공이 매우 기뻤지만 애써 평정심을 유지했다. 그리고 배운 대로 더 이상 아무것도 하지 않았다. 그저 시장을 묵묵히 살펴보고 있었고 종가에 매수할 종목을 찾아보고 있었다. 급등락 하는 종목은 여전히 많이 발생했다. 그중 하나를 찍는 일은 절대 쉽지 않은 일이었다. 고심 끝에 둘째 날은 삼성증권을 골랐다. 특별히 이슈가 있었던 것은 아니었다. 다만 음봉이 몰려 있다가 양봉이 하나 솟아오른 것이 괜찮아 보였다.

"장 마감 10초 전입니다."

태인은 신중하게 가격을 확인한 후 51,000원에 1,900주 매수 주문을 넣었다.

"장이 종료되었습니다."

"매수되었습니다."

연이어 메시지가 흘러나왔다. 태인은 매수가 된 것을 확인했다. 벌써 내일이 궁금해지기 시작했다. 종가 베팅의 매력은 무엇인가 기대감을 갖게 했다. 마치 평일에 로또를 왕창 사서 토요일에 결과를 기다리는 심정이었다. 종가 베팅은 주식을 게임처럼 하는 방법이라고 했는데 정말 재미가 있었다. 그렇게 혼자서 독립한 둘째 날의 매매가 끝이 났다.

다음 날 태인은 설렘을 안고 일찍 눈을 떴다. 어제 매수한 삼성증권이 어떤 결과가 나올지 궁금했다. 장이 시작되기 10분 전부터 모니터 호가 창을 바라보고 있었다. 삼성증권은 왠지 힘없이 출발할 것 같았다. 다행히 장 시작이 가까워질수록 조금씩 호가 창이 붉은 쪽으로 상승했다.

"장 시작 10초 전입니다."

태인은 가격과 수량을 신중히 확인했다. 그리고 시가에 매도 주문을 넣었다. 전일 종가에 매수했던 삼성증권은 1.6% 상승 출발하여 가뿐하게 일당 100만 원을 달성했다. 태인은 수익실현을 하고 난 후, 아무것도 하지 않고 또다시 주식시장을 지켜봤다. 김 회장은 종가 베팅을 성공적으로 하려면 장중에는 절대 매수하지 말라고 했었다. 매수를 한 종목이 만약 하락하거나 손실이 발생하면 계획이 다 틀어지기 때문이었다. 시세와 뉴스를 지켜보는 일은 지난 일 년 동안 적응이 되어 있었다. 다른 종목을 보면서도 크게 동요되지 않았다. 그렇게 시장을 관찰하던 중 세명전기가 눈에 들어왔다. 대량 수주 공시를 내고 거래량이 증가하면서 주가가 급등하고 있었다.

"장 마감 10분 전입니다."

세명전기는 11% 상승을 유지하면서 마감이 예상되었다.

'어쩌지? 좀 부담스러운데. 그래도 뭐 별일 있겠어?'

태인은 대수롭지 않게 생각하며 수량과 가격을 입력했다.

"매수되었습니다."

이번에는 급등하는 종목에 따라붙어 종가 베팅을 했다. 세명전기는 4,250원에 23,000주가 매수되었다. 약간 찜찜한 기분이 들었다. 하지만 내일에 대한 기대도 갖게 만들었다. 그날 밤 태인은 누군가에게 몽둥이로 맞는 꿈을 꾸었다. 보통 이런 꿈은 마음속에 불안감이 나타날 때 꾸는 꿈이다. 이번에 매수한 종가 베팅은 왠지 느낌이 좋지 않았나 보다.

다음 날이 되었다.

"장 시작 1분 전입니다."

스피커에서는 변함없이 안내 메시지가 나왔다. 태인은 불안한 마음에 세명전기의 호가 창을 진작 보고 있었다. 급등 출발이 예상되었다. 시가는 12% 넘게 상승을 나타내고 있었다. 태인은 저도 모르게 미소가 흘러나왔다. 하지만 장 시작 전 상황이 돌변했다. 급락으로 시작될 분위기가 만들어졌다. 태인은 갈등하기 시작했다.

"장 시작 10초 전입니다."

세명전기는 마이너스 8.3% 하락 출발했다. 태인은 전혀 예상하지 못한 분위기에 당황하다가 김 회장의 말을 떠올렸다.

'만약 시가가 하락 출발하면 잠시 기다리게. 그러면 순간적으로 바로 올리는 경우가 있네. 그럴 때 손실 범위를 최소화해서 손절매를 하게. 아니면 수익으로 연결될 수 있는 타이밍을 보게.'

태인은 잠시 기다렸다. 아니 어쩌지 못해 가만히 있었다는 표현이 맞았다. 장이 시작하고 13분이 지날 무렵, 거짓말처럼 세명전기는 하락 폭을 크게 줄였다. 마이너스 2%까지 도달했을 때 태인은 손절매를 했다. 혼자 거래한 지 사흘째 되던 날이었다. 세명전기는 손절매를 했지만 그 뒤로 상승 전환되어 급등하고 있었다. 가만히 있었으면 수익을 낼 수 있었다. 하지만 이미 지난 일이 되어 버렸다. 주식시장은 절대 마음대로 할 수 없는 영역이었다. 태인은 너무 아쉬웠지만 김 회장의 말을 되뇌었다.

'종가 베팅은 언제나 성공할 수 없네. 그리고 실패는 언제나 있을 수 있어. 절대 기죽지 말고 의연하게 할 일을 하면 된다네.'

태인은 비록 손실을 확정 지었지만 곧바로 평정심을 되찾았다. 예전과는 분명히 달라져 있는 자신을 발견했다.

그 날 오후 주식시장을 살펴보다가 두산인프라코어가 눈에 들어왔다. 최근 차트 흐름을 보니 급등과 급락이 반복되고 있었다. 중국 쪽 매출이 점차 증가한다는 뉴스를 살펴보게 되었다. 브랜드 가치가 있는 기업이니 특별히 재무제표에 신경을 쓸 만한 이유는 없어 보였다. 종가에 매수하여 다음 날 파는 방식을 취하기 때문이었다. 오늘 매수할 종가 베팅은 두산인프라코어로 정했다.

"장 마감 10초 전입니다."

스피커에서 안내 메시지가 나오자 집중했다. 9,730원에 10,000주 매수 주문을 넣었다.

"장이 종료되었습니다."

"매수되었습니다."

체결 안내를 알리는 메시지가 떴다. 그렇게 그날은 손실을 확정 지었다. 그리고 종가 베팅을 한 후 산책을 나갔다. 이런저런 생각이 들었다. 하지만 불안함은 크게 없었다. 비록 오늘은 손해를 뵀지만 앞으로 질 될 것 같은 느낌이 들었다. 저녁에는 식사를 하고 조용히 독서를 했다. 태인은 주식시장에서 일어나는 운명을 언제나 받아들이기로 했다.

종가 베팅을 하고 나면 다음 날이 여지없이 설렜다. 꼭 수익실현을 한다기보다 그저 결과가 궁금했다. 아침 일찍 일어나서 모니터 앞에 앉았다.

"장 시작 10분 전입니다."

태인은 안내 메시지를 듣고 두산인프라코어의 호가 창을 살폈다. 전일보다 2% 높게 형성되고 있었다. 하지만 장이 시작되기 전까지는 모르는 일이었다. 세력들은 언제나 시세를 가지고 장난을 많이 친다. 따라서 시작 전에 형성되는 가격은 믿을 게 못 되었다. 그러나 두산인프라코어는 10분 전에 형성된 가격이 그대로 유지되는 모습이었다.

"장 시작 10초 전입니다."

태인은 집중해서 매도가격과 수량을 입력했다.

"장이 시작되었습니다."

"매도되었습니다."

두산인프라코어는 2.9% 상승 출발해서 300만 원에 가까운 금액을 일당으로 챙겼다. 전날 손실에 대한 금액을 고스란히 만회

했다.

　태인은 그렇게 하루하루 종가 베팅을 해 나갔다. 어느덧 매매
한 지 일 년째 되는 거래일이었다. 장이 시작하자 전일 매수했던
일신석재를 매도하여 800만 원을 넘게 챙겼다. 이제는 수익과
손실에 비교적 의연했다. 또 언제나 평온하게 시장을 바라봤다.
손실이 발생한 날에도 수익을 얼마든지 낼 수 있다는 자신감이
생겨서 크게 개의치 않았다.

　장이 종료된 후 그동안의 매매 내역을 살펴봤다. 수익은 173번
이 있었고, 손실은 51번이 있었다. 총수익금은 3억 2,200만 원
이 조금 넘었다. 종가 베팅 주식 게임의 일 년 결과물이었다. 일
당 100만 원을 목표로 하는 주식 게임이었지만 이를 웃도는 날
이 더 많았다. 수익과 손실을 반복했지만 수익금은 서서히 쌓여
갔다. 주식시장에서 홀로 살아남는 방법을 이제 터득한 것이다.

　태인은 가슴 깊이 생각나는 사람이 있었다. 김 회장에게 전화
를 걸었다.

김 회장의 유언

"스승님. 그동안 건강하셨습니까?"

"오랜만이군. 오늘이 홀로서기를 한 지 일 년째 되는 날이지?"

김 회장과 태인은 한동안 직접적인 소식을 교환하지 않았다. 하지만 언제나 서로를 생각하고 있었다.

"네 스승님. 그동안의 결과를 말씀드리려고 전화 드렸습니다."

"아마 보지 않아도 잘했을 것이네.

"일단 가르쳐 주신 대로 열심히 했습니다. 스승님 말씀드릴 게 있습니다."

"해 보게."

"스승님께서는 시세와 뉴스만 보라는 테스트를 주셨습니다. 보기만 하되 매수를 하지 말라고 하셔서 뭘 하고 있는 것인지 당시는 의문이 들었습니다. 또 독서와 산책을 하는 것이 좋았지만 허송세월을 보내는 것이 아닌지 염려도 되었습니다. 사실 한편으로 불안한 마음이 있었습니다."

"허송세월이라? 그랬을 것이네. 이해하네."

"그래도 스승님을 믿었습니다. 분명 이유가 있을 것으로 생각했습니다. 스승님께서 주신 테스트는 지나고 나서야 중요한 시간이었음을 깨달았습니다. 실전 매매를 하는 데 있어 마음을 가꾸는 소중한 시간이었습니다. 다시 한 번 감사하다는 말씀을 드리고 싶습니다."

태인은 김 회장에게 솔직한 감정을 털어놓았다.

"이런 훈련을 어느 투자자가 미련하게 하겠는가? 자네는 정말 훌륭했네."

"스승님은 그런 시간을 겪게 한 후 투자법을 전수해 주셨습니다. 만약 그런 시간 없이 투자법을 배웠다면 좋은 결과가 없었을 것 같습니다."

"그랬군. 성과는 어떻게 나왔는가?"

"일 년 동안 거래했던 종가 베팅을 분석해 봤습니다. 성공이 173번. 그리고 실패는 51번이 나왔습니다. 합산 수익금은 3억이 넘게 발생했습니다."

"그랬군. 잘 될 것이라고 내가 장담하지 않았는가? 언제나 나와 함께 했던 처음 그때를 잊지 않는다면 앞으로도 문제없을 것이네."

김 회장의 유언

"알겠습니다. 그리고 스승님. 또 드릴 말씀이 있습니다."

"말해 보게."

"전에 빌려주신 1억을 오늘 돌려 드리고자 합니다. 약소하지만 이자도 듬뿍 쳐서 갚겠습니다."

태인은 김 회장에게 감사함과 존경을 표시하고 있었다.

"태인 군. 나는 자네에게 그 돈을 받을 생각이 애초에 없었다 네."

김 회장은 자상한 음성을 전달했다.

"네? 스승님 그게 무슨 말씀인지요?"

"누군가에게 돈을 빌려준다면 받지 않을 생각을 하는 게 현명 하지. 그리고 돈에 관련된 문제만큼은 서로 처지가 비슷한 사람 끼리 이야기를 나누는 게 좋네. 만약 나에게 돈을 갚고자 한다 면 자네가 좀 더 안정을 찾은 후 좋은 일에 쓰도록 하게. 생활이 안정되어야 진심을 갖고 남도 도울 수 있어. 그럴 기회가 머지않 아 올 것이네."

"스승님."

태인은 목이 메었다. 김 회장의 속 깊은 배려에 다시 한 번 감 동했다. 가슴 깊숙이 스승을 존경하지 않을 수 없었다.

그로부터 5년이 지났다.

태인은 김 회장에게 배운 대로 종가 베팅 게임을 해 나갔다. 물론 중간에 손실을 보는 적도 있었다. 하지만 큰 위기 없이 수익금을 만들어 나갔다. 언제나 그랬듯이 아침에 일어나면 컴퓨터를 켰고 홈트레이딩 시스템에 접속했다. 그리고 전일 종가 베팅한 종목이 상승 출발하면 수익실현을 했다. 반대로 하락 출발하면 신중하게 손실을 관리했다. 성실한 자세로 겸허하게 시장을 대하다 보니 예전에 잃었던 금액을 고스란히 회복했다. 이젠 금전적인 여유도 많이 생겼다. 또 시장을 헤쳐나가는 능력도 탁월해졌다.

오늘도 습관처럼 시장을 살펴보며 종목을 고르고 있었다. 한 종목이 눈에 띄어서 분석해 보니 최근 하한가가 3방이 연속 발생한 웅진에너지였다. 공급 과잉으로 매출이 급격하게 감소한 것이 이유였다. 태인은 이런 이유로 하한가가 3번이 나온 것은 과하다고 판단했다. 오늘 하한가가 풀리면서 양봉으로 끝이 나면 종가 베팅을 하겠다고 마음을 먹었다. 두 시부터 호가 창을 보고 있었는데 원하는 방향대로 마무리할 듯 보였다.

"장 마감 10초 전입니다."

스피커에서 친절한 안내 메시지가 흘러나왔다.

태인은 3,320원에 30,000주를 입력하고 매수 주문을 넣었다.

"장이 종료되었습니다."

김 회장의 유언

"매수되었습니다."

두 개의 메시지가 연이어 나왔다. 웅진에너지는 계획한 대로 매수가 확인되었다.

다음 날이 밝았다. 하한가가 풀린 시점에 매수를 한 종목이라 탄력 있게 출발할 것으로 예상했다. 아니나 다를까 장 시작 전부터 호가가 세게 형성되고 있었다.

"장 시작 10초 전입니다."

태인은 매도 가격과 수량을 신중하게 확인한 후 주문을 넣었다.

"장이 시작되었습니다."

"매도되었습니다."

수익을 확인시켜 주는 매도 메시지는 언제나 듣기 좋았다. 웅진에너지는 시가가 9.1%가 상승 출발해서 아주 괜찮은 수익을 냈다. 성공적인 종가 베팅을 마무리하고 오늘은 일과를 접기로 했다. 그날은 장중에 종목을 찾지도 않았다. 그리고 종가 베팅을 하지 않았다. 그렇게 주식시장이 마감되었다.

주식시장이 끝난 직후였다. 김 회장에게 전화가 걸려왔다. 태인은 웬일인지 전화를 받지 않고 피했다. 며칠 전에도 밤에 전화가 왔었는데 이런저런 잔소리만 한다고 느꼈다. 김 회장이 하는 말은 듣기 싫은 이야기들이었다. 자기도 모르게 김 회장을 대하는 태도가 변하고 있었다. 예전의 가르침은 이제 한낱 잔소리에 불과했다. 이제 누구보다 주식을 잘할 수 있었다. 그리고 자신이 있었다. 오늘 밤은 술이나 한잔 하러 나가야겠다고 생각했다.

도시의 번화가는 하나씩 불을 밝히고 있었다. 태인은 초저녁부터 고급 룸살롱을 찾았다. 요즘 들어 유흥업소에 출입하는 일이 부쩍 잦아졌다. 해당 업소에 매출을 자주 올려 주는 고객이다 보니 식사를 업소 측에서 접대하는 경우가 많았다. 룸에서 조용하게 먹는 중식 코스 요리는 특히 마음에 들었다. 한때 룸살롱을 운영하던 사장에서 이젠 VIP 손님으로 입장이 바뀌었다. 태인은 사장보다는 즐길 수 있는 손님이 더 좋다고 생각했다.

남자들에게 갑작스러운 부가 생기면 돈을 쓸데는 정해져 있었다. 좋은 집과 고급 수입차를 먼저 샀고, 쇼핑을 하고 해외여행을 다녔다. 또 밤이 되면 비싼 양주를 마셨고, 항상 그 자리에는 미모의 접대 여성들이 함께했다.

활짝 핀 꽃에서는 나비와 벌이 꼬인다. 돈이 될 거라는 소문이 퍼지면 투자자들이 몰려든다. 이와 마찬가지로 여자가 있는 곳엔 남자가 있다. 또 남자가 있는 곳엔 돈과 술이 있다. 그리고 여자, 돈, 술이 있기에 룸살롱은 존재한다.

김 회장의 유언

"이봐. 초이스는 됐고. 진선이 출근했어? 들어오라고 해 봐."

태인은 룸살롱 마담에게 사인을 보냈다.

"사장님. 죄송해서 어쩌죠? 진선이 오늘 쉬는 날인데."

"뭐야. 그럼 좀 괜찮은 애 있어?"

"그럼요. 어제 온 아이인데 예뻐요. 이 친구를 넣어 볼게요."

룸살롱 마담은 눈웃음을 치며 비위를 맞췄다.

"알았어. 일단 그 아가씨 넣어봐. 마음에 안 들면 바꾼다."

태인은 까칠한 멘트를 마담에게 던졌다.

"안녕하세요? 가희에요."

룸 안의 문이 열리고 한 여자가 들어왔다. 하얀색 원피스를 입었고 키는 적당히 컸다.

"앉아."

태인은 시큰둥한 눈길로 쳐다보며 짧게 말했다.

"감사합니다."

"너 몇 살이냐?"

"26살이요."

"그래? 걸그룹 댄스 추면서 노래 좀 해 봐."

"앉자마자요?"

"응. 쓸데없는 이야기 하려고 온 거 아니야. 하기 싫음 나가."

"오빠 되게 까칠하시네요. 알았어요. 어떤 노래할까요?"

"네가 잘하는 거로 해 봐. 대신 섹시하게 해라."

태인은 이렇게 놀아온 날이 하루 이틀이 아닌 듯 능숙하게 여성을 다뤘다. 곧 룸 안에 시끄러운 비트의 노래가 흘렀다. 하얀색 원피스를 입은 여자는 나름 섹시한 몸으로 웨이브를 주며 기분을 맞추고 있었다. 태인은 그 여자를 가만히 바라보면서 혼자서 술을 따라 마시고 있었다. 양주 한 병이 다 비워질 때쯤이었다. 전화가 오는 진동을 느꼈다. 휴대폰을 들어 화면을 보니 스승님으로 저장된 세 글자가 보였다. 순간 귀찮았다. 김 회장의 전화를 받지 않았다.

다음 날 아침은 늦게 일어났다. 종가 베팅을 한 종목이 없으니 시장이 열리는 시간에 굳이 일어나지 않아도 되었다. 어젯밤 기억이 올라왔다. 아직도 술은 깨지 않았다. 문득 룸에서 키스를 나눈 그녀가 생각났다. 순간 그녀의 타액이 역겹다는 생각이 들었다. 태인은 창문을 열고 침을 뱉었다. 냉장고에서 냉수를 꺼내 벌컥벌컥 마시고 TV를 켰다. 그리고 소파에 앉아 세상 돌아가는 소식을 보고 있었다.

그때였다. 보고 있던 뉴스 채널 화면이 갑자기 바뀌었다. 앵커는 속보를 전한다며 하고 있던 방송을 중지했다. 속보를 전하는 기자는 말했다.

김 회장의 유언

"오전 7시 23분경 부산의 한 저수지에서 운동 중이던 주민이 시신을 발견했습니다. 주민은 발견 직후 경찰에 신고를 했습니다. 시신은 베스트셀러 작가이자 900억 슈퍼개미로 유명한 김 회장으로 알려졌습니다. 인근에 주차된 그의 차량에서는 유서가 발견되었습니다. 이 점으로 미루어 보아 경찰은 자살로 추정하고 조사에 나섰습니다."

태인은 자신의 귀를 의심했다. 설마 스승님은 아닐 것으로 생각했다. 하지만 전해지는 소식은 점점 사실로 확인되었다. 뉴스 화면에서는 반복적으로 이 사건을 전하고 있었다. 태인은 그날 저녁 경찰 조사를 받으며, 김 회장의 유서를 읽게 되었다.

소중한 내 제자에게

한동안 전국을 여행하며 호텔에서 지냈네.
최고급 호텔의 화려함이 좋았지만 언제나 혼자였지.
어느 날 느꼈네.
최고급 세단, 최고급 아파트, 최고급 호텔이라도
혼자서는 의미가 없었어.
한편으로 혼자가 편했지만 언제나 누군가가 그리웠지.

예전에 아내 이야기를 했던 적이 있었지?

아마도 기억이 날 것이야.

오늘은 아내가 하늘나라로 간 날이네.

난 오늘 아내가 있는 곳으로 가기로 마음을 먹었네.

하지만 나의 죽음은 오래전에 이미 정해져 있었어.

내 운명은 스스로 결정할 생각이었네.

이런 생각은 아내가 떠난 뒤로 언제나 하고 있었지.

아내가 내 곁을 떠난 순간부터 사는 게 의미가 없었네.

다만 무엇인가를 이루고 가는 게 맞다 생각했을 뿐이지.

주식투자를 통해 큰 부를 쌓았고

그 돈으로 아쉬움 없이 세상을 누려 봤네.

자네를 만나 내 모든 투자법을 전수해 주었고

함께 보낸 일 년은 참으로 좋았다네.

그 시간들을 내 어찌 잊겠는가?

자네는 소중하고 귀한 나의 영원한 제자일세.

오늘 나의 죽음은 갑자기 만들어진 것이 아니네.

태어난 것은 내 맘대로 할 수 없으나

죽는 날은 내 맘대로 하고 싶었네.

김 회장의 유언

난 더는 하고 싶은 것도,

갖고 싶은 것도 없네.

세상의 허무함과 고독이 극에 달해 이제는 살아갈 생각이 없네.

내 재산의 전액은 재단을 만들어

어려운 사람들을 돕는 데 써 주게.

다만 다른 사람을 거치지 말고 한 사람 한 사람

직접 만나서 무엇이 필요한지.

무엇을 도와줘야 하는지.

꼼꼼하게 묻고 챙겨 주게.

우리가 원하는 걸 판단해서 주지 말고

그들이 정말 필요한 것을 도와주게.

도움이 필요한 사람에게

무엇이 정말 필요한지 묻고 또 물어봐 주게.

이래도 한 세상.

저래도 한 세상.

좋은 세상에 태어나 멋진 꿈을 꾸고 간다네.

나의 죽음을 슬퍼하지 말게나.

어차피 우리 인생의 끝은 죽음이거늘.

조금 먼저 간 것이 뭐가 그리 의미가 있겠는가?
시간이 지나면 내 마음을 이해하게 될 것이네.
마지막으로 정아를 부탁하네.

"스승님! 으으으으윽…"

태인은 김 회장의 유서를 다 읽기도 전에 오열했다. 눈물이 앞을 가려 글자를 분별하지 못할 정도였다. 김 회장은 아내가 죽었던 그 날 그 저수지에서, 아내와 똑같은 방식으로 죽음을 선택했다. 김 회장은 언제나 아내를 그리워했다. 최근 몇 년간은 아내를 향한 그리움이 극에 달했다. 따라서 극심한 고독감을 느끼고 있었다.

태인은 어제 김 회장의 전화를 일부러 피했다. 또 최근에는 김 회장을 소홀하게 대한 자신을 원망했다. 만약 그 전화를 받았다면, 최근 김 회장을 조금 살갑게 대했다면, 오늘 같은 일은 일어나지 않았을지도 모른다고 생각했다. 그 죄책감에 그대로 주저앉아 오랜 시간을 통곡했다. 며칠 후 태인은 김 회장이 마지막으로 떠난 그 자리에 섰다.

김 회장의 유언

저의 영원한 스승님께

스승님을 알게 된 지가 벌써 7년 전이네요.

한때 주식투자로 모든 것을 잃어버렸을 때

현실이 무서웠고 탈출구가 필요했습니다.

그러던 찰나 운명처럼 스승님을 뵙게 되었고,

스승님께서는 저를 흔쾌히 받아 주셨습니다.

저를 처음 만났던 그 날,

의를 아는 선량함을 갖고 있어야

주식을 가르쳐 주시겠다고 하셨던 이유를 이제 알겠습니다.

당시 저는 그런 마음이 아니었지만,

결국은 처음과 다른 사람이 되어 버렸습니다.

스승님은 제가 이렇게 변할 줄 아시고도 저를 거둬 주셨습니다.

한때 저에게 이런 말씀을 하셨습니다.

'불교가 말하는 여덟 가지 고통 중에

원증회고怨憎會苦와 애별리고愛別離苦가 있네.

원증회고는

원망하고 미워하는 사람을 가까이해야 할 때의 고통이고

애별리고는

사랑하는 사람과 헤어질 때의 고통을 말하네.

불교에서는 애별리고가

여덟 가지 고통 중에서 으뜸이라고 말하고 있네.

물론 나도 같은 생각이고.

아내와 헤어진 후 난 그 고통을 평생 느끼고 있네.

그리고 그것이 가슴 아픈 내 운명이라고 생각하네.'

스승님은 마지막 가시는 날도

사랑하는 사람을 생각하셨습니다.

그 고통이 얼마나 컸을까요?

평생 그 아픔을 간직하셨다고 생각하니

마음이 찢어지게 아파 옵니다.

스승님께서 해 주셨던 수많은 말씀 중에

기억에 남는 말씀이 또 있습니다.

'주식투자의 세계에서는

어긋난 선택으로 언제든 몰락할 수 있네.

반대로 아무런 희망이 없는 곳에서

김 회장의 유언

행복한 부를 만들 수도 있지.

항상 역전이 가능하며 앞일을

정확하게 알 수 없는 매력적인 곳이네.

살면서 마음대로 일이 되지 않거든 운명을 따르게.

하지만 운명을 바꿀 수 있는 힘을 키워

자신의 삶을 만들어야 하네.'

스승님의 말씀대로

그렇게 제 삶이 바뀌었습니다.

운명처럼 스승님을 만났고,

저는 운명을 따랐습니다.

그리고 운명을 바꿀 수 있는 그 힘을

스승님께 배웠습니다.

스승님.

죄송합니다.

초지의 단계에 접어들면

오만해진다는 말씀을 떠올려 보니

눈물을 멈출 길이 없습니다.

저 역시 그 오만함을 피해 가지 못했습니다.

앞으로 스승님께서 남겨 주신 말씀대로 살겠습니다.

하늘나라에서는 사랑하는 그분과

영원히 행복하게 계세요.

스승님 존경합니다.

스승님 정말 보고 싶습니다.

〈End〉

김 회장의 유언

어록

다음 검색창에서 "태화강김실장"을 검색하면 "태화강김실장 주식교육 《태주교》" 카페가 나옵니다. 카페 게시판에는 제가 틈 날 때마다 한 줄씩 써왔던 글들이 모여 있습니다. 이 책을 통해 여러분께 들려드리고 싶은 글들을 추려봤습니다.

--- 15.04.04. 20:53

어렸을 때 소중하고 옆에 없어도 든든했던 친구가 있었다.

그 친구를 사는 게 바쁘다는 이유로 7~8년 동안 잊고 지냈다.

그 친구를 만났다.

그 친구와는 어떤 허물도 없이 과거와 현재를 이야기할 수 있었다.

그 친구가 잘 되기만을 기도하고 응원한다.

소중한 친구와 다시 함께 할 수 있어서 하늘에 감사하고 고맙다.

이 세상 어떤 부잣집에도, 또 어떤 가난한 집에도
한 인간이 겪을 수 있는 운명의 종합세트는 다 들어있다.
다만 그 색깔과 형태, 시기만 다를 뿐이다.

산에 가서 벚꽃 눈을 맞으며 책을 읽었다.
그리고 가만히 앉아서 벚꽃 눈을 느꼈다.
산이 너무 좋다.
아무 말이 없어서, 늘 그대로여서.
나도 누군가에게는 늘 그대로이고 싶다.

많은 비가 내리고 있다.
이 비와 함께 아름다웠던 벚꽃도 함께 진다.
화려한 순간은 잠깐뿐임을 자연이 말해준다.

기회를 놓치는 이유 중의 하나는
준비가 전혀 안 되어 있기 때문이다.

어록

기회를 놓치는 이유 중의 하나는 기회를 찾지 않기 때문이다.

기회를 놓치는 이유 중의 하나는 기회가

기회인줄 모르기 때문이다.

15.05.28. 10:28

주식시장은 경제, 사회, 문화, 정치, 외교가 결합된 종합예술입니다.

단순한 전문지식이 통하는 세계가 아님을 감안한다면

그리움과 고독의 감성은 주식투자를 하는데

큰 도움이 되지 않을까요?

15.06.09. 08:36

언론 미디어의 영향력에 의해 우리는 알지 않아도 될 사실,

나에게 필요 없는 뉴스를 알게 됩니다.

그리고 괜한 걱정과 근심을 얻고 살아갑니다.

따라서 이러한 뉴스와 정보의 홍수 속에서

정작 자신에게 무엇이 필요한지 아는 분별력은 너무 중요합니다.

15.06.11. 12:52

사소한 일에 신경 쓰기에는 인생이 너무 짧지 않나요?

사소한 일에 스트레스 받으며 고민하기엔

인생이 너무 아깝지 않나요?

늘 즐거움과 웃음이 당신의 주변에 머물기를 바랍니다.

15.06.16. 21:29

계좌에 시퍼런 마이너스 종목이 수두룩해도.

계좌에 빨간 플러스 종목이 수두룩해도.

확정수익, 확정손실을 짓지 않으면 끝난 것이 아닙니다.

15.06.19. 10:11

주식투자는 남들이 하지 않을 때.

가장 바닥일 때.

그리고 가장 겁이 날 때.

홀로 쓸쓸하게 움직이는 것이다.

15.06.30. 14:14

어린 아이는 감정 조절이 서툴다.

수많은 어른들도 감정 조절이 서툴다.

주식투자는 감정조절에 따라 결과가 만들어진다.

그래서 95%에 해당하는 개인들이 투자에서 쓴 맛을 본다.

이 세상의 수많은 어른들이, 주식투자는 어린 아이처럼 한다.

어록

주식투자는 자신의 분석이 틀릴 때.

그리고 그것이 수없이 반복 될 때.

비로소 시장에서 말하는 겸손함을 알게 된다.

손절 없는 주식투자를 하려면 손절을 하지 않아야한다.

그러려면 임시손실을 견딜 줄 알아야 하는데,

아무 주식이나 임시손실을 견디는 것이 절대 아님을 아셨으면 한다.

어떤 종목에 이말 저말 갖다가 붙이면,

아무리 잡주라도 순식간에 황금주로 변하기 마련이다.

이런 것들을 보고 심장이 쿵쾅거리고 바로 매수하는 분들이 많다.

분별할 줄 안다는 것은 화려한 형용사구의 글이나 말을 듣고,

콧방귀를 끼면서 '지랄한다' 한마디 외치면 된다.

인간은 살면서 죽을 때까지 약 80%에 해당되는

생각과 고민이 돈이라고 한다.

돈에 대한 생각의 전환을 달리하지 않으면
평생 돈의 노예로 살 수밖에 없지 않을까?

선택에 있어 최상의 결과일 때 얻는 희열은 짧지만
선택에 있어 최악의 결과일 때 얻는 아픔은 길었다.

여러분께서 하는 일도 잘되고 돈도 잘 벌고 승승장구 한다면
주변에는 사람들이 모일 것이다.
그러나 그 반대의 경우라면 당신 주변에는 사람들이 떠날 것이다.
반대의 경우에도 당신 옆에서 응원해주는 사람들이 진정한 친구다.

마음으로 사귀지 오래 되었으니 한 번 만나도 오랜 친구 같다.
겉으로는 사귀지 오래 되었으나 백 번 만나도 먼 사람 같다.

주식투자는 수없는 훈련과정이 반드시 필요하다.
만약 당신이 단순 노동을 한다면

·
어록
·

짧은 시간 안에 일을 습득할 수 있을 것이다.

반면 비행기 조종사나 의사가 되려고 한다면

강도 있는 훈련이 필요할 것이다.

주식투자는 비행기 조종사나 의사가 되기 위해

노력 하는 훈련강도에 가깝다.

따라서 많은 시간과 에너지를 쏟아 부어야 한다.

15.08.04. 11:13

주식시장이 한 번씩 크게 폭락할 때마다 손해가 감당되지 않는

투자자나 증권 중개인은 자살을 택한다.

보통 이런 사건은 준비한 것이 아니라 순간적으로 이뤄진다.

주식시장은 사람의 운명을 한순간에 바꿔 놓는 무서운 곳이다.

15.08.06. 13:32

훌륭한 뮤지션이 되고 싶다면

먼저 엉망인 음악을 만들어 봐야 한다.

훌륭한 예술가가 되고 싶다면

먼저 어설픈 예술을 많이 해봐야 한다.

훌륭한 투자자가 되고 싶다면

먼저 투자 실수를 많이 거쳐야 한다.

주식투자를 하면서 '그냥 아무거나 사지 뭐' 이런 사람은 없다.
언론에서 '묻지마 투자' 라고 하지만
사실은 자신이 아는 지식 내에서는 최선을 다해 투자하는 것이다.
그럼에도 결과가 좋지 않으니 주식투자는 참 어렵다.

주식매매를 하다보면 열심히 노력하고
하루 종일 애를 써도 공치는 경우가 많다.
반면 아무런 노력도 하지 않고 가만히 있는데
쭉쭉 수익률을 뽑아주는 경우도 많다.
따라서 항상 성실하게 열심히 노력을 하되,
그저 물 흐르듯 현재 상황을 받아들이고
만족하는 마음이 필요하다.

주식투자에서 한 개인의 진정한 실력은
폭락장에서 확인 할 수 있다.
무모하면서 오만한 투자자는 아무 때나 베팅을 크게 하지만
현명한 투자자의 길에 들어서면 기다릴 때 기다리고,

어록

베팅할 때 베팅하는 지혜를 얻게 된다.

무모하고 오만한 투자자의 과정을 겪지 않고는

지혜로운 투자자가 될 수 없다.

따라서 주식투자의 올바른 방향성을 잡기 위해서는

무모함과 오만함을 반드시 거쳐야 한다.

무모함과 오만함은 결과적으로 보면 나쁜 것은 아니다.

주식시장에서는 긍정론자도 비관론자도 유리하지 않습니다.

수많은 매매경험과 더불어

폭등장과 폭락장을 두루두루 겪어보고.

짜릿한 환희의 순간도, 답답한 좌절의 순간도 겪어보고.

자신의 내공을 사소하게 오랫동안 쌓았을 때,

비로소 현실론자가 되어 올바른 판단이 가능해집니다.

잘 나가다가 망한 사람들은

대부분 근거 없는 긍정론자가 많습니다.

주식투자와 매매를 하다보면

수익이 평소보다 잘 나올 때를 경험한다.

반면에 평소보다 잘 나오지 않을 때도 경험하게 된다.

이런 상황이 시장의 출렁거림에 의한 것인지,

자신의 매매기술이 잘못된 것인지,

심리의 불안정 때문인지,

이중에 자신의 상황을 명확히 판단을 내릴 수 있어야

기복이 없는 상황연출이 가능하다.

서로 친구가 되자고 다짐하고 위하는 척,

이럴 필요가 과연 있을까?

그저 옆에 있어주고 묵묵히 기다려주고

함께 하면 평생 친구가 될 것이다.

요즘에는 인맥관리라는 말이 있는데,

이 얼마나 가식적인 말인가?

현재 자신의 보유종목이 마이너스 30%쯤 되었다고 치자.

어록

그것을 바라보는 투자자의 마음은 불안하고 우울하다.

하지만 이것이 시간이 지나

플러스 30%로 바뀔 수 있는 것이 주식시장이다.

신저가에서 신고가가 나는 법임을

손절 없는 주식투자 책에 명시해놓았다.

애초에 손절을 하지 않을 주식을 매수하라.

16.01.14. 10:05

모든 사람은 다수의 선택과 행동을 따르려는 경향이 강하다.

하지만 문제는 집단의 선택이 틀릴 때가 훨씬 더 많다는 사실이다.

더욱이 주식시장에서는 집단행동은 망하는 지름길이다.

16.02.01. 13:17

내가 하는 일, 내가 가진 직업은 유난히 고독과 외로움 속에 있다.

투자를 할 때에도 혼자 외롭게 결정하고

누군가에게 조언을 해줄 때 어긋나기라도 하면

비난을 감수해야한다.

하지만 난 외로움과 고독의 상황이 늘 좋다.

전업투자자는 삶을 유유히 즐기는데

아주 좋은 직업이라 생각한다.

난 주식투자를 통해 인내와 인생을 배웠고 여전히 배우고 있다.

그리고 앞으로도 배우게 될 것이다.

화가 나는 일이 있을 때 늘 이렇게 생각했다.

우주에서 바라본 지구.

지구에서 바라본 아시아.

아시아에서 바라본 대한민국.

대한민국에서 바라본 내가 사는 곳.

결국 나의 작은 일은 아무것도 아니다.

따라서 별일 아닌 일에 화낼 이유가,

급해서 서두를 이유가 전혀 없다.

전업투자자로 직업을 삼아 살아간다는 것은

방법을 아는 이에게는 이보다 더 좋은 직업이 없다.

하지만 어설프게 욕심만 갖고 살아가게 된다면

이보다 나쁜 직업이 없다.

그리고 얼마 지나지 않아 버티지 못하고 다른 길을 찾게 될 것이다.

어록

해가 뜨면 해가 떠서 좋다.

비가 오면 비가 와서 좋다.

수익나면 수익내서 좋고, 임시손실 나면 물량 늘릴 수 있어서 좋다.

어떤 상황이든 현실적으로 보되 긍정적인 부분을 키워서 봅시다.

주식투자를 하면서 내가 생각하는 진정한 실력이란?

꾸준하게 수익을 몇 년간 창출 할 수 있는지.

위기의 상황에서 흔들리지 않고 차분하게 할 일을 할 수 있는지.

잘못 선택할 수는 있으나,

그 선택을 역으로 바꿔 좋은 상황으로 만들 수 있는지.

이런 것들이다.

차트 펼쳐 놓고 매매하면서

수익과 손실을 거듭하고 이탈하면 손절매.

이런 것이 아니다!

우리나라 속담을 생각해보면 참 지혜로운 경우가 많습니다.

그렇지만 꼭 맞지 않은 경우도 있긴 합니다.

'공든 탑이 무너지랴' 라는 속담이 있습니다.

하지만 애석하게도 주식투자에서는

공든 탑은 순식간에 무너지기 마련입니다.

16.05.17. 09:57

주식투자를 하다보면 마이너스 없이 하는 것은 불가능하다.

그럴 때 손절매를 하느냐, 아님 임시손실을 버티느냐에 대해

미리 생각하고 들어가야 한다.

아무런 전략이 없으니 손실 구간에서 당황하는 것이다.

16.06.13. 00:08

성경말씀 전도서 제 1장 2절에 보면

'헛되고 헛되며 헛되고 헛되니 모든 것이 헛되도다' 라고 나옵니다.

이 말의 뜻을 언제부터 이해하기 시작 했습니다.

우리가 열심히 사는 이 과정들 어쩌면 다 부질없습니다.

하지만 그것이 삶이겠지요.

어쩌겠습니까?

16.07.01. 14:32

어니스트 헤밍웨이는 노인과 바다에서 이렇게 말했습니다.

어록

"땅 위의 모든 날은 좋은 날이다"

비가 오면 비가 와서 좋고 날씨가 맑으면 맑아서 좋고

이래도 좋고 저래도 좋은 이 마음.

손절없이 주식투자 하는 법을 배우고 익히면

주가가 오르면 수익이 나서 기쁘고

주가가 하락하면 더 매수해서 수익금을 극대화 시킬 수 있어 좋고.

이래도 저래도, 문제가 없습니다.

흔히 선생님이 제자에게, 부모님이 자녀에게, 친구가 친구에게.

인간이 되라고들 말을 한다.

인간은 사람이다.

사람에게 인간이 되라고 한다는 것은 사실 굉장히 오만한 말이다.

인간이 되라는 뜻은 행실이 바르며

사회적 도덕과 규범을 준수하고

미래를 잘 설계하고 만들라는 좋은 뜻이다.

하지만 정작 인간이 되라 말하는 이들이

인간이 되어 있지 않은 경우가 주변에 너무나 많다.

이를 어쩌면 좋을까?

주식투자를 하다보면 과하다 싶을 정도로

승부를 봐야 할 때도 있다.

하지만 지금이 아니다 싶을 때에는 미련할 정도로 기다려야 한다.

평론가의 평가가 좋은 어떤 책을 집어 들었다.

한 장 두 장 읽는데 좀 지루하다.

그래도 인내심을 갖고 더 읽어본다.

그런데 계속 지루하다.

그렇다.

이 책은 나랑은 맞지 않은 책이었다.

평론가의 평가가 아무리 좋아도 그건 그의 의견일 뿐,

나의 의견은 재미없고 지루했다.

다른 사람의 평가에 대해 신경 쓰지 말고

나에게 맞는 코드를 분별하시라.

1년 물린 종목이 이제 원금에 들어와서

1%의 수익이 들어왔다 치자.

어록

여기서 당신의 선택은?

1. 1년이나 기다렸는데 그냥 보유하련다.

2. 1%가 어디냐? 손실 안 봤으니 됐다.

3. 에라 모르겠다. 될 때로 되라.

16.08.24. 12:44

자신 스스로 생활이 안정되지 않거나, 힘든 일이 있거나,

일이 풀리지 않는다면.

남에게 안부를 전하는 것도,

남을 도와주는 것도 다 귀찮고 힘든 법이다.

우선 자신부터 가꾸고 잘 되어야

남도 돕고 밝게 만들 수 있는 법이다.

16.10.25. 21:36

어느 날이었습니다.

아주 간단한 이치를 깨닫고 삶이 달라지기 시작한 것 같습니다.

단순함.

그 아름다움.

세상에는 모르는 것이 2가지가 있습니다.

첫 번째는 아무리 별 볼일 없는 사람이라도

그 사람의 미래는 가봐야 압니다.

두 번째는 아무리 별 볼일 없는 주식이라도

어떻게 될지는 두고 봐야 합니다.

주식시장과 오랜 시간 함께 하다 보면

삶의 희로애락을 느끼게 된다.

하지만 깨달았다 생각해도 다시 무너지고,

또 깨닫고를 수없이 반복해야 그나마 조금 깨닫게 된다.

끝이 없는 곳에서 끝을 깨닫는 사람.

이들이 바로 성공한 투자자로 영원히 남는다.

《손절없는 주식투자》《주식투자는 운명이다》를 읽은 분 가운데,

제 이야기에 공감이 되지 않을 수도 있습니다.

그러나 시간이 흐르면 자신의 생각과 경험이 달라집니다.

그럼 지금은 이해가 안 되고 공감이 되지 않아도,

어록

나중에 시각이 바뀌는 순간이 올 수 있습니다.

제 이야기는 그대로인데, 읽는 분의 생각이 바뀐 것입니다.

17.01.11. 12:56

주식투자를 하다보면 엇박자 날 때가 부지기수 입니다.

차라리 가만히 있느니만 못한 경우가 너무나 많기도 하지요.

17.02.13. 10:41

주식투자는 선택을 통해 결과를 만드는 작업입니다.

종목을 고르는 것도, 매수와 매도를 할 때도.

이 숙제는 주식투자자라면 평생 풀어야 할 과제입니다.

우리의 도전은 투자를 하지 않을 때까지 멈추지 않습니다.

위의 나열된 생각들은 수많은 시행착오를 겪으며 깨닫고 느꼈던 제 삶의 일부입니다. 이런 생각들이 모여 소설 《플레이머니》가 완성되었습니다. 제 글이 여러분의 삶에 작은 도움이 되기를 희망하겠습니다. 항상 건강하시고 밝은 웃음 가득하세요. 제 옆에 머물고 있는 모든 분들께 감사함을 전합니다.

태화강김실장 올림

손절없는 주식투자

25살 룸살롱 사장에서 주식고수가 되기까지

밥북 | 264쪽 | 2014년 08월 발행 | 값 13,000원

주식시장에서 개인투자자들이 실패하는 가장 큰 이유는 손절할 구간이 아님에도, 손실을 확정 짓는 잘못된 습관이 한 부분을 차지한다. 손절매는 주식에 대한 경험치와 완성도가 쌓인 후 판단할 수 있는 문제다. 주식초보자가 매수한 종목이 단순히 조금 하락했다고 시도 때도 없이 손절매를 하면, 당신의 계좌는 어느 순간 돌이킬 수 없는 패닉의 결과가 나올 것이다. 이 책은 주식투자자라면 누구나 공감을 할 만한 실전투자 상황을 잘 묘사했다.

주식투자는 운명이다

손절없이 주식투자하는 법

매경출판 | 398쪽 | 2016년 08월 발행 | 값 17,000원

주식투자를 하게 되면 투자수익에 따라 그 날 기분이 달라진다. 그러면서 만나는 사람과 가는 장소가 바뀌게 된다. 그런 일상의 사소함이 모여 자신의 운명이 만들어진다. 다만 달라지고 있는 운명을 스스로 인지를 하지 못할 뿐이다. 저자는 이것을 "주식투자 운명론"이라고 말한다. 이 책은 주식을 소재로 삶을 다룬 부분도 많아, 주식에 관심이 없는 사람에게도 유익하다. 동시에 주식투자자에게는 올바른 마인드를 가지고 투자를 할 수 있는 길을 제시해준다.

구입문의 저자 010 6706 1117

플레이 머니

초판 1쇄 인쇄 2017년 02월 13일
초판 1쇄 발행 2017년 03월 01일

지은이 태화강김실장(최경원)
펴낸이 김양수 펴낸곳 휴앤스토리
편집디자인 이정은 교정교열 장하나
제작 백현
마케팅 유지은 최용호 장희윤
홍보 진미영 정경화 김경련

출판등록 제2016-000014
주소 (우 10387)경기도 고양시 일산서구 중앙로 1456(주엽동) 서현프라자 604호
전화 031-906-5006 팩스 031-906-5079 이메일 okbook1234@naver.com
홈페이지 www.booksam.co.kr 블로그 blog.naver.com/okbook1234

ISBN 979-11-960228-2-2 (03810)

* 이 책의 국립중앙도서관 출판시도서목록은 서지정보유통지원시스템 홈페이지
  (http://seoji.nl.go.kr)와 국가자료공동목록시스템(http://www.nl.go.kr/kolisnet)에서
  이용하실 수 있습니다.
  (CIP제어번호 : CIP2017003939)